CB072031

DE CONFIDÊNCIA EM CONFIDÊNCIA

PAULE CONSTANT

DE CONFIDÊNCIA EM CONFIDÊNCIA

romance

Prêmio Goncourt 1998

Tradução
Maria Helena Kühner

BERTRAND BRASIL

Copyright © 1998, Editions, Gallimard
Título original: *Confidence pour confidence*

Capa: Silvana Mattievich

Editoração: Art Line

2000
Impresso no Brasil
Printed in Brazil

CIP-BRASIL. CATALOGAÇÃO-NA-FONTE
SINDICATO NACIONAL DOS EDITORES DE LIVROS. RJ

C776d	Constant, Paule 　　De confidência em confidência: romance / Paule Constant; tradução de Maria Helena Kühner. — Rio de Janeiro: Bertrand Brasil, 2000 　　192p. 　　Tradução de: Confidence pour confidence 　　"Prêmio Goncourt 1998" 　　ISBN 85-286-0753-4 　　1. Romance francês. I. Kühner, Maria Helena. II. Título.
00-0047	CDD 843 CDU 840-3

Todos os direitos reservados pela:
BCD UNIÃO DE EDITORAS S.A.
Av. Rio Branco, 99 — 20º andar — Centro
20040-004 — Rio de Janeiro – RJ
Tel.: (0XX21) 263-2082 Fax: (0XX21) 263-6112

Não é permitida a reprodução total ou parcial desta obra, por quaisquer meios, sem a prévia autorização por escrito da Editora.

Atendemos pelo Reembolso Postal.

Para Gustav

Há em mim uma menina que se recusa a morrer.

Tove Ditlevsen

A primavera é magnífica no Kansas, o início da manhã é luminoso, cintilante e gelado. O céu violeta pálido transborda de nuvens róseas que o vento carrega de matizes dourados, de poeiras verdes que azulam ao cair, de pólens de cores vivas que a luz dispersa, e tudo isso é de uma tal beatitude que faz voltar à infância e deixa o coração leve. Tal como o deserto no abrasar do amanhecer, dizia para si mesma Aurora, por trás da janela fechada de seu quarto, tal como a savana exalando seu vapor após a chuva: tudo solta chispas e brilha, tudo queima e se consome. Tal como na África, e no entanto estamos na América!, dizia a si mesma Aurora. A alegria a fazia estremecer.

O coração da América batia por trás da casa de madeira em meio a um quadrado de relva, em uma árvore cujo nome ela não conseguia lembrar, curvada ao peso de um monte de flores rosadas que a corrida de um enorme esquilo fazia sacudir. O céu intenso foi cortado por uma enorme asa púrpura, e um pássaro de um vermelho-cardeal veio pousar no ponto mais alto da árvore. O júbilo explodiu no coração de Aurora com uma nitidez, uma precisão e uma plenitude que ela só havia sentido há muito, muito tempo atrás, quando ainda era menina. América, a América, repetia ela como num encantamento que falava de sua esperança de uma vida nova; e contemplava a árvore cujo nome ainda não lhe vinha à memória, o esquilo que corria sobre seus ramos, e o grande pássaro que balançava ao vento sua longa cauda vermelha.

Era-lhe impossível abrir a janela, que estava por trás de uma vidraça dupla controlada por um sistema eletrônico que comandava também a calefação, a cafeteira, a máquina de lavar e o computador de Glória, a proprietária da casa. Aurora achou que poderia sair pela porta da cozinha, no andar de baixo, uma simples almofada de porta em madeira sob uma tela contra mosquitos. Mas o cérebro informático bloqueava também a porta. Pela janela da cozinha via-se outro trecho do gramado, o da fachada. Do outro lado da estrada, como que em espelho, casa idêntica servia de capela, na qual — o nome agora lhe vinha à mente — a mesma árvore da Judéia intumescia com todas as flores hipertrofiadas que a esmagavam. Um esquilo saltava sobre a relva e o pássaro cardeal veio pousar no cimo da árvore, fazendo despencar uma onda de flores bêbadas. Uma árvore da Judéia em cada casa e um pássaro cardeal inebriado pelos sucos, e perfumes, e mel, não se sabendo mais se ele é do céu ou da terra, um pássaro que voa e mergulha nas nuvens, róseas e infladas como as árvores dos jardins. Aurora voltou para o quarto.

Onde quer que fosse, ela sempre tinha direito a um quarto de criança; nunca, de modo algum, ao quarto das amigas ou ao sofá da sala: era sempre o quarto do bebê! Destinada, sempre que era recebida em qualquer lugar, a essas caminhas estreitas, a esses cheiros vivos de outros tempos e que deixam nos cobertores seu odor marcante. O leito de Cristal, a filha de Glória, tinha um cheiro desagradável, e o quarto era feio, de aspecto caótico e precário, como se tivesse hospedado uma série de inimigos que tivessem tentado, cada um por sua vez, expulsar o ocupante anterior. Sobre o papel de florezinhas minúsculas, primeiro haviam desenhado os personagens de Walt Disney; depois fora a fase dos cavalos: páginas duplas de revistas presas com durex em volta de toda a cama; enfim, em época mais recente, pôsteres em preto e branco de James Dean e Marilyn Monroe, em tamanho natural.

James Dean exibia seu ar descontente debaixo da escrivaninha de madeira branca constelada de adesivos. SO CUTE!* A expressão, englobando uma série de coisas suaves, ou neutralizadas por uma emergente atitude sentimentalóide, aplicava-se tanto aos bebês e aos animais, quanto aos babadinhos de náilon e a James Dean drogando-se até a morte. Colado junto ao rosto de James Dean, aquele SO CUTE indicava que Cristal já se interessava por homens, era um sinal de puberdade sentimental. Marilyn, segurando sua saia em cima de uma grade de ventilação, definia, por sua vez, um ideal de mulher.

Durante sua adolescência, Aurora também se havia interessado pela atriz mais badalada da época. Colegas de colégio haviam trazido para o pensionato um exemplar do *Paris-Match* que tinha na capa uma foto de Lola Dhol. É você? haviam-lhe perguntado as meninas. Ah, vai, confessa, é você! E assim, de repente, sem qualquer aviso prévio, sem que ela jamais tivesse suspeitado por um sorriso ou por um olhar, lhe haviam feito saber que ela era muito bonita. Diga que é você... um pouco mais produzida! É isso: você, um pouco mais arrumada, *à la* Mademoiselle de Lempereur, estilista das jovens: decote quadrado, organdi branco, um sorriso de dentes de pérola.

Naquele ambiente não era de bom tom fazer cinema. As bailarinas eram toleradas porque trabalhavam duro, tinham UMA DISCIPLINA FÉRREA; as comediantes clássicas, quando declamavam textos longos e difíceis; mas as atrizes de cinema e as modelos que simplesmente se exibiam, ai, pobres bobocas, eram tão menosprezadas que se viam obrigadas a mudar de nome e assumir um pseudônimo.

Como as escritoras, pensava Aurora, como eu. Quando ela publicou seu primeiro romance, Tia Mimi não quis que ela continuasse usando o nome dos pais. Aurora pedira a uns e outros, a pessoas totalmente estranhas, que a ajudassem a encontrar um nome. Um escritor de renome lhe havia oferecido usar o

---

* Uma graça! Em inglês no original. (N.T.)

nome de sua casa de campo. Ela havia declinado a oferta, que implicava também uma proteção mais concreta.

Súbito, ela mudou tudo: nome, sobrenome, origem. Escolheu, na relação de enterros do dia, o de uma Aurora Amer, de oitenta e oito anos, uma mísera mulher cujo destino fora a vala comum. De início tivera dificuldade em se acostumar com esse sobrenome* e sobretudo com o nome, hesitando em reconhecer-se quando a chamavam, indiferente ao vê-los impressos, achando-os falsos como esses nomes de família que os escritores atribuem, aleatoriamente, a seus personagens. Ela se havia organizado mal, votando-se à inexistência com um nome e um sobrenome que não eram os seus.

Suas colegas de escola insistiam em crer que ela era Lola Dhol, que o patronímico real de Lola — que foi uma das primeiras atrizes a manter o próprio nome — era um pseudônimo visando proteger a vida oculta de Aurora, que também não era Aurora e sim, como elas a apelidavam, simplesmente Juju. Mas a educação delas se ressentia tanto da total falta de romantismo, que todo o internato se apaixonou por essa história, que as externas alimentavam com ajuda de uma grande quantidade de revistas de cinema. E é quase certo que hoje, já grisalhas, as antigas prefiram dizer à sua prole que elas foram companheiras de turma de Lola Dhol, atriz maravilhosa e escandalosa, em vez de apenas colegas de Aurora Amer, escritora que elas só liam com certa desconfiança.

Aurora entrava no jogo com uma sinceridade que lhe dava verdadeira excitação. Tangenciando o risco de ser descoberta, ela chegou até a armar uma representação na prova oral do fim do curso, estimulada pelo público do internato que deveria vir assistir. Quando o examinador, um jovem de cabelos cortados rente, leitor assíduo dos *Cahiers du cinéma*, lhe perguntou: "Desculpe, mas..." se ela era realmente Lola Dhol, ela o olhou bem nos olhos e lhe deu aquele sorriso que todo mundo no momento imitava, reforçando-o com batom rosa nacarado.

---

* Amargo. (N.T.)

Pensando bem, ele a achou muito mais jovem que nas fotos, mas, como se sabe, a maquilagem envelhece e, além disso, para uma norueguesa, ela quase não tinha sotaque. Ele a preferia um pouco mais loura, mas os cabelos são como a maquilagem... Enfim, ele saiu dali apaixonado e superexcitado, porque, sabe, quando Lola Dhol está ali, na sua frente, com uma sainha preguada, ela tem um frescor de menina de colégio!

Quanto Tia Mimi lhe perguntou o que ela queria fazer na vida, Aurora nem ousou responder que sua vontade era ser atriz de cinema. Lola Dhol, cinco ou seis anos mais velha, lhe traçava mais ou menos o caminho a seguir e encarnava um modelo permanente. Como sua fama crescia cada vez mais, todo mundo falava dela, inclusive Tia Mimi, que se orgulhava de que aquela semelhança — que ela também admitia — fosse apenas física e que sua sobrinha não lhe causasse a vergonha de ser uma celebridade escandalosa. Pois Lola agora estava morando com um cantor de cabaré que fazia sucesso nas telas em preto e branco da televisão. Com seu trompete roufenho e seus trajes de garçom ele enfiava mambo atrás de mambo, enquanto a outra louca, uma verdadeira DEGRINGOLADA, enfiava a cara no muro do Esterel, num acidente de automóvel. Claro, ela dirigia com uma garrafa de uísque na mão!

Aurora ficava prudentemente à sombra de Lola, sem acentuar demasiado a semelhança, contentando-se em evocá-la, mais que exibi-la. Sabia que não era Lola, mas Lola era um pseudônimo que lhe dizia muito mais que o de Aurora Amer, que nunca a satisfizera por completo. Não fosse a notoriedade onipresente da atriz ela teria assinado seus primeiros textos como Lola Dhol. Lola Dhol havia vivido nela, e com ela, mais que ela própria, como se ela a tivesse inventado e Lola Dhol tivesse sido a primeira de todas as suas personagens.

A saia branca de Marilyn recobria toda a largura da porta do quarto. Aurora nunca a achara sedutora e, na época em que ela era mais famosa, chegara a considerá-la uma mulher já meio madura e fora de moda, bem menos bonita que Jean Seberg, Anna Karina e outras jovens atrizes de sua geração.

Com sua cintura de vespa, seu ventre redondo, seus joelhos grossos e seu peito um tanto cheio, ela era mil vezes menos atraente que Lola Dhol e seus seios nus sob a roupinha de marinheiro que ela havia espalhado por toda a França.

No entanto, Cristal preferia uma Marilyn, que poderia ter a idade de sua avó, a uma Lola cujo estilo e penteado as moças buscavam copiar. É que Cristal conhecia Lola Dhol: todos os anos aquela velha BEBERRONA se dava em espetáculo no colóquio feminista de Middleway. E a morte havia cristalizado em Marilyn a fragilidade de uma juventude eterna.

De início ela não era nada. Mas logo as dores despertavam seu corpo. Dor no pescoço, formigamento nas pernas, ventre inchado. Depois a náusea a tomava por inteiro, do estômago à boca. Se ela abria os olhos a vertigem a pegava pelos cabelos e a sacudia até ela gritar. Então sentia os braços fortes da guarda, que a jogavam sobre as cobertas, e ouvia as pessoas que falavam dela na terceira pessoa do singular. Segundo o lugar, ela era a senhora, ou a alcoólatra, a delirante ou apenas um número como no necrotério. Nunca mais ouvira seu próprio nome. E, meu Deus! como eles tinham gostado de pronunciá-lo, aqueles médicos da alta que a supunham sócia do francês da Mademoiselle Dhol. Os médicos chamados de urgência no meio da noite, fascinados de ver seu trabalho à altura daquela lenda viva, escreviam sem hesitar no alto do bloco de receitas, Lola Dhol. Madame Dhol, dizia uma enfermeira, abrindo-lhe a porta do quarto onde ela ia fazer seu tratamento. Lola, Lola, repetia a mulher de plantão, que não sabia mais o que fazer porque via o quanto lhe era penoso, via que Lola não agüentava mais, e acariciava-lhe os cabelos para acalmá-la.

O professor de energia, que a acompanhava em seus últimos filmes, lhe havia ensinado a se desintoxicar por meio do grito. Primeiro ela gemia, para ir buscar em todas as fibras de seu corpo os sofrimentos calcificados, que geram câncer se deles nos esquecemos. Depois, tendo-os reunido no plexo solar, ela tinha que soltar um grito imenso para expulsá-los de uma só vez. E ela ficava esvaziada, sem forças, mas pronta para ser posta em movimento.

No tempo em que ela ainda ia para a cama, um dia acordara junto a um amante ocasional e, depois de uma série de inspirações e expirações, havia soltado seu terrível grito. Desnorteado, ele julgara que ela estava morrendo. Eu tenho é VERGONHA, tentara ela explicar-lhe retomando a respiração, vergonha de que seja você. Ele se levantara de um salto e a deixara. E enquanto esperava o elevador apertando como um alucinado o botão de chamada, ela continuara a gritar, com a boca aberta. Apesar de todos os tabiques e portas, o grito era tão estridente que ele havia preferido descer as escadas correndo. Na rua, o tráfego gigantesco e a enorme quantidade de carros de Nova York, as sirenes dos carros de polícia e das ambulâncias eram um eco do grito que o havia feito fugir.

Ela passou a gritar por qualquer coisa: por causa de uma garrafa mal fechada que lhe deslizara entre os dedos, diante da grade abaixada de uma loja de vinhos, ou porque uma vendedora não encontrava o tamanho de sutiã na cor que ela queria, ou porque o cabeleireiro lhe estava puxando os cabelos. Ela gritava por nada, para se ouvir, de noite, do mesmo modo como se acende uma luz.

E ela iria gritar ali, gritar muito. Ela detestava Middleway, essa cidadezinha perdida em meio aos trigais, em uma paisagem tão fugidia, de uma horizontalidade tão desoladora que a primeira vez que ela aterrissara por lá, achou que as arquibancadas do estádio eram uma montanha, um GÓLGOTA! Entre Los Angeles e Nova York, Middleway representava uma terra de ninguém da cultura, suscitando, por provocação, a contracultura da zombaria e da cafonice. Um encenador de segundo time havia escolhido o lugar como locação de um de seus filmes porque era "o lugar menos romanesco do mundo!". E a seguir, no seriado, aparecia sempre um imbecil vindo de Middleway, para grande hilaridade dos espectadores. Nos locais ensolarados de Ohio ou de Wisconsin, eles estouravam de rir só de ouvir o nome de Middleway, Kansas. Quando ficava lúcida, Lola queria que acreditassem que ela freqüentava Middleway porque era "o lugar menos romântico do universo". E sentia que ficavam seriamente desconfiados de que ela estivesse fazendo figuração em algum seriado de segunda classe.

Não me enfie em um hotel, nem no Hilton, para ficar olhando o vazio a perder de vista da grande planície, suplicara ela por telefone. Glória lhe havia garantido que ela ficaria em sua casa, em seu próprio quarto. Ao abrir a mala, Lola se pusera a gritar por estar sozinha, para provar a si mesma que estava radicalmente só e que ninguém ligava a mínima para isso. Os fiéis que estavam chegando na capela batista bem em frente à casa se haviam inquietado. Queriam saber se alguém estava torturando uma mulher na casa da feminista.

Glória lhe havia pedido para não gritar mais na casa dela porque isso assustava Cristal. Lola tinha levado alguns instantes para pôr este nome na cara de boneca de uma pequena mestiça de treze anos. Cristal havia usado o berreiro noturno de Lola como pretexto para desertar da casa da mãe nos dias do colóquio. Não sem antes ter avisado todo o grupo de amigas de sua mãe que ela se suicidaria como Marilyn aos trinta e seis anos, fazendo-as sentirem na pele que todas já haviam passado desse limite — como se alguém precisasse dizer-lhes aquilo! — e que ela as considerava DIGNAS DE PENA por se agarrarem daquele jeito.

"Se agarrar, se agarrar como? Explique-se!", exigira Babette Cohen, alterego de Glória na Missing H. University, vinte anos de *feminine studies*,* um contato excepcional com as jovens e a convicção íntima de que todos os não-ditos deveriam ser explicitados.

"Velhas e feias, como putas velhas, que é o que vocês são", respondera Cristal com lágrimas nos olhos.

---

* Estudos feministas. Em inglês no original. (N.T.)

E aquelas mulheres que haviam pensado em integrar a garota em seu sistema, tratando-a como adulta, sentiram-se aliviadas quando Cristal foi se instalar na casa de seu pai, o Mecânico, ao sul da cidade. E só por uma questão de delicadeza perguntariam sobre seus progressos escolares.

— Então agora eu já posso gritar? — perguntou Lola.
— Não — retorquiu Glória.
— E por que não?
— Por causa de Aurora.
O ódio cavava um buraco na cabeça de Lola.
— Você sabe, a escritora — esclareceu Glória —, a escritora que você vai interpretar.
— A canadense? — perguntou Lola, que mantinha acesa sua raiva.
— Não, a francesa.
— Ah! — disse Lola — aquela que está lá naquele outro quarto? E que importância tem pra ela o fato de eu gritar? Ela não grita porque escreve!
— Não, ela não grita.
— É o cúmulo — dizia para si mesma Lola —, o ódio está ali, atrás de minha porta e eu tenho que não gritar! Então eu vou vomitar — ameaçou.
— Pois vomite — respondeu Glória. — Eu limpo.

Naquela manhã Lola chamou cada uma de suas dores, fez com que subissem ao longo das pernas, ao longo dos braços e, quando chegaram ao estômago, a náusea foi tão forte que ela vomitou. E o grito saiu em seguida pela boca aberta. Grito que acordou o Pastor, que pensou no dia da Páscoa e nos gritos dos novos batizandos, que deviam expulsar Satã, suas pompas e suas obras. Aleluia.

O despertar da aparelhagem eletrônica informatizada dava-se às sete e meia. A tela do computador de Glória se iluminava e iniciava uma música fanhosa que tocava as primeiras notas da *Lettre à Élise* com uma modulação tão gasta quanto a que nasalava a secretária eletrônica. Uma inscrição gigantesca lhe desejava um bom dia martirizando seu nome em todos os sentidos, de acordo com o desejo que ela havia tido de afrancesá-lo, ou, nos anos dourados, de feminizá-lo, substituindo o *i* por um *y*, em suma, de torná-lo definitivamente original. Entrava-se então nos domínios de Glória, com um punhado de corações que invadiam a tela e explodiam escrevendo um SPLATCH dentro de círculos.

Nesse mesmo instante, no subsolo, a máquina de lavar enchia-se de água. Não há dúvida de que, se Glória tivesse encontrado um sabão que fizesse corações em vez de espuma, a máquina teria cuspido eufóricos corações cor-de-rosa, como os que são desenhados pelas meninas que, no entusiasmo de seu primeiro ano de Universidade, semeiam seus trabalhos com essas decorações de criança, cercando o menor *i* para desdobrá-lo como uma flor, um coração ou um ponto inflado como o *beignet* que elas molham em seu café. A porta da garagem se abria, os mosquiteiros se erguiam, a máquina de café se punha a funcionar e o ar-condicionado juntava a tudo isso um chiado que era como que o pulsar de casa. É tudo uma questão de organização, dizia Glória. Mas o ferro de alisar o cabelo que ela esquentava na borda de seu lavabo, por um errinho de tempo, tinha posto fogo na casa.

Naquela manhã Glória, que havia dormido no sofá de seu escritório sem se dar sequer ao trabalho de abri-lo, acordou cansada, mas feliz. Como sucedia depois de cada colóquio, ela passou em revista os episódios, incidentes e relatórios, e tudo havia corrido bastante bem. Uma organização rigorosa, um orçamento fechado, a fidelidade de congressistas que eram cada vez mais solicitadas em outros lugares e cujo número havia, apesar disso, aumentado. Ela tinha em mãos um trunfo: Lola Dhol fazia a leitura de todos os autores programados.

Ninguém resistia à voz de Lola. Glória se lembrava do efeito que lhe causara seu primeiro encontro, alguns anos atrás, na Universidade de Nova York, por ocasião de um coquetel no Departamento de Francês. No momento em que ela se dirigia para o bufê, a voz, aquela voz sublime, adorável, a fizera estacar no lugar, como lhe acontecia em outras épocas quando ela chegava em plena sessão de cinema e ficava esperando a lanterninha em um canto do corredor ou na escada, mas já ouvindo de lá a voz querida de sua atriz preferida. A voz dizia que se devia comer presunto com figos e não com melão, sobretudo o de água verde e açucarada, e Glória parecia estar ouvindo ao mesmo tempo toda a literatura contemporânea e todo o cinema europeu. Era DEMAIS.

Se alguma coisa além da literatura, ou talvez ainda mais que a literatura, a fizera sentir-se francesa — ela tinha vontade de dizer MANTER-SE FRANCESA —, era o cinema dos anos sessenta. E se alguém pudesse representar todo este sistema seria, sem dúvida, Lola Dhol, a norueguesa. Ela a havia envolvido por completo. No momento em que abria a boca, seu sotaque inconfundível marcava os diálogos mais diversos, como se ela mesma tivesse sido sua autora. Lola voltou-se e, se a voz ainda não estivesse em sua boca, Glória não acreditaria no que estava vendo.

Ela estava com o rosto tão violentamente marcado pelo álcool que ele parecia, ao mesmo tempo, lívido e violáceo, como que tomado por uma queimadura cuja pele morta tivesse saltado por entre rugas cinzentas. Ela havia chegado àquele grau de intoxicação no qual, depois de ter ficado gorda e inchada, ela havia se tornado muito magra, de uma caquexia lívida. Havia sido abandonada por seus cirurgiões plásticos, deixada de lado por seus médicos. Com a força de fênix que a animava, ela ressuscitava, deixando aqui um rim, ali uma vesícula, um pedaço de estômago, mas mantendo-se tão vibrante e tão lúcida que os que ainda ousavam conviver com ela continuavam a admirá-la, apesar das sórdidas histórias de bêbada que contavam a seu respeito.

Lola Dhol, por sua vez, notou primeiro o olhar de Glória. Nele reconheceu aquela vaga ternura, aquela emoção molhada de lágrimas, aquele sorriso embevecido e reconhecido que ela fazia nascer em outros tempos nas mulheres que haviam montado guarda junto dela com um respeito tal que ela nunca havia hesitado em dirigir-se até elas para quebrar sua contenção e lhes dizer que as amava. No momento seguinte ela viu aquela mulher de meia-idade, embonecada como uma criadinha, que destoava naquele lugar. E finalmente reparou apenas que Glória era negra. Lola tinha vivido sua fase *black power*, a fase de apoio às minorias oprimidas. Ela reconheceu em Glória uma vítima dos homens e da América. Caminhou para ela e, como se a conhecesse desde sempre, abraçou-a.

Ao contrário do que poderia parecer, naquele coquetel nova-iorquino, não foi Lola quem salvou Glória e sim Glória quem trouxe a Lola uma última oportunidade de se sair bem. Porque aquela mulher, que parecia naquele dia tão deslocada no meio daqueles intelectuais fazendo discursos, aquela mulherzinha entrada nos quarenta, que parecia mais gorda no meio de convidadas magras e retas em sua severa roupa negra, era uma mulher forte. Glória Patter, da Universidade de Middleway, Kansas, decana do Departamento de Línguas Estrangeiras, presidente de inúmeras associações francófonas, financiava a manifestação de Nova York em torno do cinema francês dos anos sessenta. De Los Angeles a Nova York, todo mundo se aglomerava em torno de Glória Patter. Quanto ao vermelho-papoula que lhe cobria três quartos da silhueta, ao tufo de tule que lhe prendia os cabelos já grisalhos e longos brincos de bijuteria barata, lhe tinham sido sugeridos por sua conselheira em comunicação.

Daí em diante Lola passou a fazer parte de todas as manifestações feministas que Glória organizava, e sobretudo do Colóquio de Middleway, que era seu ponto máximo. Ela, de certa forma, se havia instalado nos Estados Unidos, e ia de universidade em universidade fazendo leituras: leituras de autoras mulheres e também, às vezes, do Grande Oráculo, o único escritor do sexo masculino que o auditório aceitava ouvir porque havia apoiado seu movimento. Lola lia sempre no mesmo tom, com a mesma voz. Lia sem compreender que fora ela quem havia lançado essa moda antes: ler sem procurar saber o que se lê, ler como um exercício, que não tem nada a ver com o texto.

E haviam vivido em idílio até o momento em que Glória veio a conhecer Aurora, que ela já havia lido porque era francesa e depois adorado porque falava da África. Glória, que havia conquistado a América, sonhava com uma África original que não conhecia e aonde não ousava ir. A americana assumira nela a primazia. E sentia-se desarmada diante das imensidões negras que povoavam sua imaginação. Para Aurora, a África era o país natal, que havia determinado em definitivo sua palheta de cores e toda a sua gama de odores.

Quando, no decorrer de uma viagem e por meio de uma série de indiscrições, Glória conseguiu chegar a Aurora, descobrindo o estúdio que ela ocupava em Paris, ficou boquiaberta, numa estupefação que nem lhe permitia ultrapassar a soleira daquela porta que ela havia forçado. Em momento algum havia imaginado sequer que Aurora pudesse não ser negra. Aurora era branca, uma dessas louras que empalidecem com a idade até se tornarem transparentes. Glória havia criado em seus *feminine studies* um grupo de estudos e pesquisas de literatura africana. Convidara Aurora na qualidade de "escritora" africana e, como Aurora estava, por sua vez, persuadida de que a América devia ser uma espécie de África, seus sonhos se conjugaram. Os estudantes não encontraram nisso nada a ser criticado.

Em Middleway, Glória teve de novo por Aurora um entusiasmo de adolescente. Uma Lola Dhol respeitável estava a seu alcance, e mais seus livros, que ela sem dúvida punha acima do cinema, e mais a África em que Aurora havia vivido. A escritora tinha algo de desencarnada, de leve e fugidia, era como que um desses balões que se seguram por um barbante, mas que sobem para o céu e desaparecem se os soltamos. Essa aí, eu tenho que manter amarrada! — era a expressão exata do laço que Glória acabava de contrair com ela. Laço de mão única, aliás.

Um quarto estava reservado para a romancista no Hilton, mas em um impulso de carinho Glória lhe disse: VOCÊ vai ficar na minha casa, eu reservei para VOCÊ o quarto de minha filha. E como viu que isso não despertava em Aurora um entusiasmo esfuziante, pois acabava de enfrentar um Paris-Chicago seguido de um Chicago-Middleway, ela lhe informou que inúmeras comunicações, e das melhores, teriam por tema seus livros. A própria Babette Cohen reservara para si a interpretação intertextual de sua criação. E como Aurora, apesar de tudo isso, ainda se mantinha reservada, ela lhe anunciou que Lola Dhol faria a leitura de seu último livro. Ao que acrescentou a maravilhosa notícia: E comecei eu mesma a traduzi-lo! Um clarão de esperança iluminou súbito o olhar da escritora. — Bem — completou Glória — a coisa não é tão simples, o que eu estou fazendo é mais uma adaptação. Vamos ter que conversar sobre isto.

Aurora pareceu desorientada. Para reconquistá-la, Glória lhe disse que ela havia marcado um encontro com o administrador do zoológico, como Aurora lhe pedira, e que também desse lado ela teria uma boa surpresa. Era a primeira escritora que Glória conhecia, que queria complementar sua participação nos *feminine studies* com uma visita ao zoológico.

E foi exatamente o computador que, depois de terminar todas as suas facécias, lhe perguntou: "Uma grande alegria ou um pequeno prazer?" Glória selecionou grande alegria. E com uma série de manobras complexas que passavam por nomes em código, sua data de nascimento, as três primeiras letras do nome de sua filha e as duas últimas do de seu marido, ela chamou a página de rosto. Esta se apresentava como a capa de um romance que imitava a ilustração de um célebre editor nova-iorquino. Glória leu, retendo a respiração:

> Glória Patter
> *African woman**

---

* Uma mulher africana. Em inglês no original. (N.T.)

A máquina de lavar, que havia esquentado a água silenciosamente, tinha passado ao ciclo de lavagem. Pequenas eructações juntavam a roupa da casa no fundo da cuba antes de lançá-la no grande rolo que iria sacudi-la, torcê-la, apertá-la, distendê-la. Babette Cohen se voltara para a parede do porão, pomposamente batizado de BASEMENT, para proteger um sono frágil que só chegava depois que o cansaço lhe fechava os olhos e tomava conta dos membros. Puxou para o queixo o casaco de *vison* que lhe havia servido de coberta. Com aquele doce contato, a dor apunhalou-a em pleno coração, como todas as manhãs depois que o Aviador a deixara.

A máquina de lavar fez uma pausa para o repouso, e Babette ficou suspensa em um vazio silencioso que lhe dava a impressão de uma solidão de enterrada viva. Ela se debateu, procurou os óculos que desde criança punha debaixo da cama para não correr o risco de pisar neles, colocou-os e observou o trecho de luz esverdeada que se infiltrava por uma clarabóia. Ela achava que era UMA INDIGNIDADE hospedar alguém em um porão, uma indignidade e um acinte, no meio daquele monte de coisas velhas em desuso, de aparelhos domésticos antediluvianos, com aqueles fios de varal atravessando a peça com risco de cortar o pescoço. Verdade que Glória era baixinha e havia colocado tudo de acordo com a sua altura. A máquina de lavar entrou em seu ciclo de centrifugação, rotação de oitocentas voltas por minuto, sem isolamento acústico: ouvia-se a roupa girando e sendo comprimida contra a cuba, o bater dos botões de madrepérola ou de plástico, o choque de alguma fivela de metal, sem falar no barulho das moedas que Glória, que não era lá muito cuidadosa, havia esquecido nos bolsos.

A partida do Aviador, assim, como um peido de coelho, depois de vinte e cinco anos de casamento, no momento em que, depois de tantos aniversários esquecidos, ela pensava compensar-se com bodas de prata espetaculares, diante de todas as testemunhas de sua imensa e indissolúvel felicidade, deixara-a tão desamparada que desde aqueles oito fatídicos dias não conseguia cumprir senão os compromissos mais urgentes. Duas horas depois de ele ter saído porta afora, ela própria tivera que partir para seu colóquio de Middleway, tendo tido apenas a precaução de telefonar contando a Glória o sucedido e pedindo que não a alojasse em um hotel: "Nada de Hilton para mim este ano. Não sei em absoluto o que me espera." E Glória, que jamais gostara do Aviador, sobretudo porque ele havia ido à guerra, expressou-lhe toda a sua solidariedade: "Os homens são todos iguais." E lhe havia destinado o *basement*: "Você vai ver, é muito simpático." Cristal estava arrumando o local para assumir sua independência.

Babette conhecia Glória desde a época da Universidade de Washington, para a qual ambas haviam entrado com uma bolsa de estudos para estudantes estrangeiras, financiada por uma grande marca de molho de tomate. Passada a alegria inicial de poderem prosseguir seus estudos, para os quais não tinham um centavo sequer, foi-lhes difícil suportar a presença do molho de tomate marcando generosamente os mínimos objetos da Fundação, com sua marca vermelha escorrendo lentamente de dentro de um tubo de extrato de tomate. Nos Estados Unidos, naquela época, a pobreza não era para a intelectualidade um sinal de valor agregado, e elas não ousavam marcar encontros com seus namorados na entrada do pavilhão que trazia o nome do glorioso patrocinador sob a fachada de tijolos vermelhos, como se o pequeno prédio fosse a própria fábrica de produção do molho, e os estudantes, seus operários. Mas era pegar ou largar, e tanto Glória como Babette se atiraram em cima com uma avidez de famintas.

Para Babette, Washington era a terra da promissão. Repatriada da Argélia na década de sessenta, ela se vira em Bordeaux com uma família em estado de choque. A avó não sabia mais onde estava, a mãe engolia lágrimas com um mastigar lento e permanente que lhe roía o lábio inferior. O único estranho que alguma vez entrara no sala-e-quarto da Rua Pessac, já bem distante da barreira, fora O DOUTOR, que lhes prescreveu calmantes. Calmantes para o pai, calmantes para a mãe, calmantes para a avó, calmantes para os dois irmãos — de marcas diferentes —, calmantes para a irmã, cujas regras haviam cessado, calmantes para Babette. Para ela, foi valium.

Ela estava com dezesseis anos, uma miopia brutal, um corpo magnífico, uma inteligência incrível, e ódio no coração, como um motor desregulado. Uma noite em que eles estavam — todos sob efeito de calmantes — assistindo aos *Intervilles** em uma atmosfera saturada de cigarros azuis, que fumavam um atrás do outro, Babette disse a si mesma que teria que escolher entre duas soluções: tomar de uma só vez todos os calmantes da família ou jogar sua dose de valium na privada. Jogou o valium. A irmãzinha, que havia chegado ao mesmo raciocínio interior que ela, tomou o outro partido, de acabar consigo mesma.

Com os óculos de armação paga pela Seguridade Social, que lhe davam um ar de cegueta, com o casaco cáqui que um irmão havia esquecido de devolver ao exército, com os sapatos da avó que, ora deitada, não os usava mais, ela passou a freqüentar uma universidade que parecia ter sido planejada, até onde ela podia se dar conta, como um clube da alta, onde rapazes elegantes e um tanto efeminados em seus *foulards* de seda eram apresentados a moças de cabeças cheias de laquê.

---

* Jogos intermunicipais. (N.T.)

Jogavam bridge nos cafés da Praça Victoire, e nos fins de semana saíam ao volante de seus dois-cavalos ou de suas elásticas motos em busca de bons restaurantes em lugarezinhos bem simpáticos. Bordeaux significava, para as moças, medicina ou inglês e, em qualquer dos casos, casamento. Quando uma dessas senhoritas não trazia para casa seu médico da Marinha depois de três ou quatro tentativas, ela mudava radicalmente de rumo e partia para a Inglaterra, para que não esquecessem que ela pertencia, como era publicamente notório, à aristocracia dos DE ALÉM-MAR. Na volta, tendo suas ambições baixado de nível, ela chegava mais ou menos a desencavar um professor de inglês ou um marido jurista.

No caso de Babette, ela se aferrou ao inglês por simples ódio ao francês. No dia de sua maioridade ela já estava formada. Não tinha visto nada, nem ouvido nada, nunca havia freqüentado um curso extra, emprestado um caderno, trocado um endereço. Um professor lhe havia dito que, se ao menos ela se arrumasse um pouco mais, até que seria passável! E deixou subentendido que, uma coisa em função da outra, de bom grado ele a tomaria como sua assistente. Esse tipo de homem lhe causava repulsa porque sua frustração sexual não fazia com que renunciasse a sua autoridade e a seu poder. Eles resolviam seu problema no ambiente protegido da universidade, no vapt-vupt, em seu próprio escritório, depois que a secretária saía, e deixavam em seu caminho estudantes humilhadas a quem recompensavam com empreguinhos universitários que não lhes custavam nada. Ela só teria que se sujeitar a essa ajuda condicionada de um homenzinho desagradável, cujo tipo era tão freqüente que ela já os reconhecia de imediato pela careca luzidia e parótidas salientes. Ela pediu uma bolsa de estudos, conseguiu obtê-la e partiu para a América com um único projeto: tornar-se americana.

Se algo seguramente lhe causava desprazer era ser tomada por francesa, o que ela considerava um insulto. Que erro de língua ou de comportamento tinha ela cometido? E quando a tranqüilizavam, explicando que se tratava de um elogio devido ao charme que demonstrava, a sua vivacidade ou simplesmente a sua bela silhueta, ela inventava uma origem canadense e afirmava — o que de certo modo era verdade — que sequer conhecia a França. Ela só tinha para se lembrar o sala-e-quarto da Rua Pessac, onde agora eles não eram mais que quatro a apodrecer, e o enorme cemitério de Saint-Jean, em que o lugar de sua irmãzinha estava em um retângulo no cruzamento de duas alamedas.

Ela compreendia por que sempre se entendera tão mal com Glória, que, no entanto, negava, com fúria igual à sua, origens que ela inventava seguidamente, até chegar ao ponto de dizer no momento, embaralhando as cartas, que elas haviam passado a maior parte de sua vida juntas. Glória se dizia francesa, falava desenvoltamente de sua ascendência africana, de uma mãe negra a quem o governador francês do Congo ou da Costa do Marfim fizera mal, de um avô senegalês que teria ficado com os pés congelados na guerra de 1914. Esses pés congelados lhe pareciam o auge do francesismo. Variando com os interlocutores, ela teria nascido em Strasburg, ou em Cherburg. Babette chegou, um dia, a ouvi-la reivindicar, diante de um bearnês, uma origem de Palos, cidade em que sua avó, que era mulher do cônsul da Inglaterra, havia curado sua tuberculose! Glória era sempre do lugar de onde vinha seu interlocutor, passando seguidamente no exame de origens que ela trazia sempre ao alcance da mão. Ela conhecia o plano das cidades, o nome dos principais comerciantes, as especialidades locais. Quando chegavam às possíveis relações em comum, ela usava o álibi de doenças contagiosas que a teriam afastado do resto do mundo para cuidar de pais condenados ao isolamento. A partir do momento em que encontrou Aurora, Glória passou apenas a dizer-se natural de Port-Banana, cidade imaginária que ela conhecia melhor que qualquer personagem do romance de Aurora.

É um direito dela, dizia para si mesma Babette, é direito dela ser de onde ela quiser, ter a idade que ela quiser, o nome e o sobrenome que ela quiser. Não se entrava assim para a Tomato, era preciso realmente não ser nada e, por isso mesmo, ser muito, para que a caritativa instituição lhe abrisse as portas e transformasse a estrangeira que ela era em um legítimo produto americano. Babette se lembrava da vontade feroz de Glória de ler francês, de ver cinema francês. Ela era na época a única estudante do campus, no qual só se andava de carro, a andar de Solex.* Envolta na fumaça azulada de um motor que rateava por falta da gasolina adequada, ela circulava pelas alamedas proibidas e não pousava os pés nos pedais, cruzando-os no quadro, como tinha visto Lola Dhol fazer em um filme que havia passado na cinemateca. A Solex pertencia, aliás, ao mecânico do lugar, um marginal cabeludo, natural do Kansas, que contestava a guerra do Vietnã e dedicava as horas em que não estava ocupado rebobinando os filmes a consertar o motor de sua engenhoca mais que rudimentar. Saído de um filme em preto e branco que contrastava com o grande cinemascope da época, a Solex representava para eles o símbolo cultural tipicamente antiamericano sobre o qual se haviam constituído em casal. Mas nada disso comovia Babette além da conta: ela desconfiava de que Glória se fazia passar por francesa a fim de desculpar seu inglês HORROROSO, embora também só falasse, e disso Babette se dava bem conta, um francês capenga.

---

* Nome antigo de um ciclomotor francês de marca muito conhecida na época. (N. T.)

O inconveniente de trabalhar em casa era que as ocupações materiais, e sobretudo as domésticas, que lhe eram poupadas em seu Departamento na universidade, ali tinham precedência sobre toda iniciativa intelectual, que era pessoal e gratuita. Diante da tela de seu computador, Glória achava que ela teria tempo de mexer um pouco em seu romance antes que as outras acordassem, embora já estivesse ouvindo o ruído da máquina de lavar indicando que estava iniciando a centrifugação. Envolvida em seu trabalho, ela poderia, como já lhe acontecera mais de uma vez, esquecer a roupa na cuba e deixar que ela endurecesse, mas continuava lutando com o texto, que estava redigido em parágrafos de tamanho desigual, os quais tentava associar tematicamente através de uma série de recortes-e-colagens. A página estava semeada de pontos-de-interrogação, exclamação e reticências — código de tradução de sua secretária para assinalar os trechos mais complexos, as palavras a serem procuradas, as frases saltadas — e isso dava a impressão de que ela houvesse inopinadamente emperrado um toque do teclado. Ela se levantou para ir pendurar a roupa da máquina de lavar no *basement*.

Crispada no leito, enrolada como uma bola em seu casaco de *vison*, com seus enormes óculos Dior de metal dourado, as lentes *dégradés* sobre o nariz, Babette a olhou com um olhar de coruja.

— Posso acender a luz? — perguntou Glória.

— Pode fazer o que você quiser — respondeu Babette com uma voz tão desconsolada que Glória lhe perguntou se ela estava chorando. E só com essa suposição Babette desatou em soluços. Que fazer, então, a não ser ir até ela, tomá-la nos braços, apesar de seu volumoso *vison* cujo contato a repugnava, enfrentar aquele face-a-face terrível com seus monstruosos óculos, acariciar-lhe a mão de longas unhas vermelhas, ornada com enorme diamante montado sobre garras de platina? No fundo, dizia a si mesma Glória ao abraçar Babette, ela representa tudo que eu, decididamente, não amo. E abraçando-a cada vez mais — o que teve como conseqüência fazê-la redobrar as lágrimas — ela é tudo que eu mais detesto!

E começou a falar mal do Aviador. Desde que ela o conhecera, nada vira que falasse a seu favor. Ele sempre fora um pedante, via-se que era um burguês do Leste. Empinando os ombros, olhando o mundo do alto de seu metro e noventa, ele varria tudo que não fosse americano com a indiferença que lhe havia sido inculcada desde o berço, e que ele chamava de humor, para mascarar um desprezo que ela sentia cem vezes mais forte que se ele lhe desse um chute na bunda, chamando-a de negra suja. Era um tipo que sabia tapear a lei tão bem, que ele agia de modo que você é que parecia sempre errada. Ele só esperava uma coisa: que você cometesse um erro. Quantas vezes ela não vira isso acontecer?

— Vocês eram como cão e gato — interrompeu Babette desprendendo-se do abraço de Glória.

— Nós éramos mais como negra com branco. Aliás, na realidade, ele foi o único cara que ousou me falar de minha cor. Ele me disse exatamente, com toda a pose, com um ar que eu não esqueço nunca: "O problema está em você, Glória, não em mim, nem nos outros, é você que não ENGOLE sua cor." Pobre imbecil racista, matador de mulheres, assassino de crianças... Glória urrava: "Que é que ele sabe da cor negra, esse nazista?

Que é que ele sabe da humilhação de cada dia? Que é que ele sabe da libertação dos povos oprimidos?"

Babette não suportava que Glória voltasse sempre a falar do Vietnã!

— Escuta, eu estou lhe falando da Argélia, estou? — disse ela, elevando a voz para atingir o mesmo diapasão sonoro. — Já lhe contei, eu, o que é que os povos oprimidos fazem quando eles têm facas e navalhas? Você quer detalhes sobre as guerras de libertação, quer? Você quer saber como é que minha irmã foi morta?

— Mas a sua irmã suicidou-se — disse Glória, subitamente calma.

— Não — respondeu Babette. — ELES A ASSASSINARAM. — E desatou a chorar de novo, sem que Glória ficasse sabendo se fora a lembrança da irmã, que estava ainda nela como a do filho que ela nunca conseguiria ter, ou se ela simplesmente pensava de novo no amor que ainda tinha pelo Aviador, ou ainda se estava protestando contra a injustiça que ela comprovava a seu respeito. Pois, por mais racista que fosse, ele havia desposado Babette Cohen, francesa sem a menor importância e judia da Argélia, e havia pedido a Glória para ser sua testemunha e a havia convidado, mesmo sendo negra, para Belmont House.

Casamento engraçado, em que era visível a boa vontade no sentido de que AQUILO acontecesse da melhor maneira possível. Uma sogra extremamente refinada que todo mundo chamava de Sweetie* e que passava o tempo todo apresentando a todos Babette, naquele dia Elisabeth, sua nora francesa que ela simplesmente adorava, e sua BRILHANTE amiga, a pequena Glória, que a acompanhava porque seus pais não tinham podido vir de tão longe; moderando igualmente os cumprimentos que lhe dirigiam, explicando que ela preferira que tudo fosse muito simples — correto e simples — como de hábito, sem requintes excessivos. Uma casa maravilhosa, sua propriedade à beira-mar, o terraço decorado com laranjeiras vindas expressa-

---

* Doçura ou querida. Em inglês no original. (N.T.)

mente da Califórnia para que estivessem todas floridas e espalhassem no ar seu perfume suave e fresco. Sweetie segurava a mão de Babette na sua e, com terna cumplicidade, buscava lembrar-lhe que ela não se esquecera de sua família: "Sua mamãe amaria aquilo, não é, Elisabeth, sua mamãe ADORARIA!" Uma deliciosa e descontraída organização os havia deixado aproveitar ao máximo a praia, como se se tratasse de um fim de semana indiano, de um dia de férias entre amigos de sempre. Três horas de sol resplandecente haviam possibilitado realizar no gramado a cerimônia religiosa. Ora veja, ELA é protestante, constatara Glória ao ouvir Babette jurar fidelidade ao Aviador em nome do Deus dos cristãos.

Era tudo tão perfeito, tão calmo à maneira de Sweetie, tão *peace and love** nos moldes da América daqueles anos, que Glória achara por bem aumentar a beleza do dia assinando no registro de casamento com o nome do escritor preferido de Babette, Stevenson. Ninguém havia reparado, o que era bem a prova da indiferença que aquelas pessoas lhe votavam, se chamasse ela Stevenson, Jefferson ou qualquer outro nome de escravos. Mas Babette havia notado e tinha ido agradecer-lhe — no único instante talvez em que tenham sido realmente amigas —, dizendo-lhe que ela lhe seria eternamente grata por fazer Stevenson voltar de sua última viagem e entrar em contato com ela, e que, no mesmo sentido, ela teria gostado de convidar também Faulkner.

— Mas você já tem Doutor Jekyll e Mister Hyde — respondeu Glória, subitamente malcriada — e eu não suporto este Racista do Sul!

De noite caiu uma tempestade. Babette se lembrava de que, contrariamente às previsões meteorológicas, o tempo bom não se mantivera. Casamento com chuva, casamento feliz, é o que se diz em francês, comentou Sweetie num soberbo e último esforço para reunir seu pessoal nos salões de Belmont House.

---

* Paz e amor. Em inglês no original. (N.T.)

Mas a coragem que Sweetie havia demonstrado, mãe de um filho único querido e protegido, tanto mais querido e protegido por acumular todas as esperanças de uma extensa linhagem de homens e de mulheres dotados de um decoro que beirava à perfeição, súbito vacilou, e a seguir naufragou, sob efeito de uma emoção que não era mais devida à felicidade. Uma taça de champanha a mais havia acelerado uma decepção que não era ocasional e que teria podido levá-la a emitir uma nota falsa, coisa que a pobre mulher temia acima de tudo, porta aberta a todas as desordens daquela época bárbara. Primeiro Elisabeth, em cetim pérola, traje de princesa, voltou a ser Babette, usando os enormes óculos oblíquos com aros de strass, que eram seus óculos de gala, mas que subitamente envelheciam a recém-casada, tirando-lhe o olhar vago que ela mantivera o dia inteiro. Sweetie, um pouco tardiamente, se perguntara se a miopia de sua nora seria transmissível a sua descendência ou se os bons olhos do Aviador conseguiriam sobrepor-se àquela tara. No fundo, e mais metafisicamente, ela se perguntava se o bem levaria a melhor sobre o mal.

Bem em frente ao quarto preparado, cuja espera se eternizava, Babette acendeu um cigarro com um gesto que mostrava que ela estava habituada a tal. Engolia a fumaça e a fazia sair muito tempo depois pelo nariz, que ela dilatava com volúpia. No momento em que Sweetie, triturando o colar de pérolas de quatro voltas que ela tencionava partilhar com ELISABETH quando nascesse seu primeiro neto, se perguntava se ela não deveria prevenir sua nora contra os males do tabagismo para as mulheres que querem ter lindos bebês, ela ouviu seu filho anunciar a seus garçons D'HONNEUR que ele tinha dado de presente de casamento à sua mulher o mais belo presente do mundo, ou, literalmente, QUE ELE OS HAVIA CORTADO. Enquanto reanimavam Sweetie explicando-lhe, com mil precauções, que uma ligadura de canais espermáticos era, infelizmente, um ato cirúrgico irreversível, o casamento chegava a seu ponto máximo, e o recém-casado, aliviado de suas obrigações de genitor, improvisava uma dança de Sioux com os membros de sua esquadrilha, sob o olhar, adocicado pela miopia e o reconhecimento, de sua apaixonada esposa.

— Até que nós nos divertimos — disse Glória, rindo ainda da cena.

— Que audácia a daquele cara — disse Babette, pensando no Aviador e em todas as razões que ela tivera para amá-lo. Ele havia compreendido tão bem seu violento desejo de não engravidar, que, de um só golpe, a tinha liberado das obrigações contraceptivas, que ela até então cumprira de maneira quase obsessiva. — Seu marido — disse a Glória —, por mais vanguardista que seja, ou por mais feminista que se diga, não teria ousado isso!

— Não, mas eu quis ter Cristal — retorquiu Glória. — E ser-lhe-ei eternamente reconhecida por isso.

— Você tem Cristal, é verdade — disse Babette —, e você, que detesta a América, ficou de pés e mãos atados a esse sistema.

— Explique-se, não compreendi.

— O que eu quero dizer é que Cristal é a América. Ou, para que você compreenda melhor: Mamzell Scarlett! Mamzell Scarlett! Há em você uma velha escrava negra prostrada diante de sua pequena patroa branca.

— Você sabe muito bem que Cristal não é branca.

— Ouse dizer que ela é negra!

Glória, sem responder, desligou a máquina de lavar.

Aurora continuava perplexa diante da cafeteira elétrica que milagrosamente se enchera novamente de café quente. Ela a observava para saber como retirar o recipiente, que parecia formar com o motor um bloco único. Cada aparelho novo a desencorajava e, ao olhar aquela cafeteira, de um modelo nem tão diferente do que o que usava diariamente, ela fremia de angústia, com vontade de chorar, como todas as vezes em que se via entregue a si mesma em um lugar desconhecido, diante de objetos de que tinha que se servir antes que se compreendesse que não conhecia em absoluto como funcionavam, mesmo que este funcionamento fosse dos mais simples. Quando ela chegou à França, Tia Mimi se tinha dado conta de que, com sete anos de idade, Juju não sabia em absoluto usar uma torneira. Quando a mandavam lavar as mãos, ela ficava plantada diante da pia olhando fixamente o mecanismo cromado do qual outras pessoas, mais hábeis que ela, sabiam fazer brotar água.

Tentando entender os círculos, as lingüetas e as cubas da cafeteira, ela se sentia prisioneira de um hermetismo moderno que a aterrorizava. Diante da espécie de A de pernas abertas que indicava os *toilettes* de senhoras, ela tinha dificuldade em reconhecer um sentido feminino, que um *ladies*, pudicamente colocado à mão em inglês, lhe teria mais facilmente indicado.

Quando surgiu o computador ela continuou a escrever à mão, dissimulando, no entanto, que o fazia sempre com a caneta. Em lugares públicos, ela era aquela pessoa arredia e sonhadora que contrariava o sentido comum e rápido da multidão imantada pelas setas de direção. E quando um dia ela confidenciou — o que não foi muito diplomático de sua parte — ao arquiteto que planejara o aeroporto de Roissy que ela tinha dificuldade de compreender como se orientar em seu salão de embarque, ele lhe respondeu em tom ríspido que ela não tinha que compreender nada, mas apenas seguir o sentido giratório, como todo mundo! Curiosamente, isso a aliviara: mostrava que sua incapacidade era um sintoma de inteligência, ou seja, de uma OUTRA inteligência. Dando as costas ao arquiteto — eles estavam em um coquetel, e nessa situação tal coisa é permissível quando a falta de afinidade é visível — : É? Então vá seguir as setas em uma floresta, fique girando em círculos no deserto, sem buscar onde está o norte, o sul, sem olhar para as estrelas!

Ela se aproximou da janela e olhou o sol levante, aquele rosa intenso e doce que agora se espalhava sobre a relva e perseguia o pequeno esquilo, mais gorducho e mais ruivo, impregnado daquele esplendor. Seu coração dilatou-se com uma alegria infantil e verdadeira, que a deixou com lágrimas nos olhos. Como acontecera uma manhã em Colombo, diante de um homem que, sob a luz nascente, se ensaboava de mãos espalmadas para lavar seu corpo nu em pleno sol; ou no Cairo, por ter surpreendido em um bater de pálpebras o leve deslizar de um barquinho à vela todo branco sobre o Nilo ainda em sombra. A lagoa de Abidjan despertava para o dia envolta em seda azul que, ao desdobrar-se, brincava com o ouro e o verde antes de captar em uma de suas dobras um vermelho de peônia desabrochada, ou um rosa de coração de hortênsia, que fazia com que não se soubesse mais o que se estava vendo. Ver, sempre. Onde quer que estivesse, uma força imperiosa a impelia para a janela, para verificar entre seus cílios que o mundo ali também renascia e que ela não havia morrido com a noite.

Ao entrar, Glória havia notado que Aurora não havia acendido a luz. É que há tanto rosa fora, disse ela, com a cabeça sempre voltada para a janela, tanta doçura, que eu tive medo de extinguir tudo isso. Depois explicou que não havia conseguido servir-se da cafeteira. É simples, disse Glória, e os gestos que ela fez em torno da máquina lhe pareceram óbvios, como tudo que Glória fazia. Felicitou-a: ela havia realizado uma proeza.

Porém, o domínio aparente de Glória sobre os mecanismos mais complexos e as invenções mais sofisticadas com que seu marido, o Mecânico — elaborando uma obra-prima de tecnologia —, havia entulhado a casa, chocava-se com a recusa primitiva que as coisas e a natureza opunham à sua domesticação. Pois se é possível compreender que uma casa se incendeie por causa de um ferro de alisar cabelo que, em sua rusticidade, havia registrado erradamente uma ordem informática, como explicar que foi sobre a casa de Glória, provida de um pára-raios eletrônico, que um raio caiu num dia de verão, exatamente no dia em que os reservatórios de água tirados do Arkansas estavam secos? Diante dos canos vazios dos bombeiros, os vizinhos é que haviam feito fila com baldes e bacias lentamente enchidos nas torneiras de suas cozinhas. Ou como explicar que a neve, tão abundante no inverno anterior do qual surgira esta primavera esplêndida, tivesse jogado por terra as cercas de madeira que limitavam seu jardim, enquanto, a poucos metros dali, seus vizinhos haviam reencontrado suas grades de pé e já estavam começando a repintá-las, ao passo que Glória esperava que uma empresa da cidade viesse reerguer as suas com pesadas máquinas que revirariam todo o seu terreno e esmagariam a vegetação que as espessas barreiras haviam poupado?

No ano anterior, ela havia sido vítima de uma inundação. Apesar de as águas do Middleway, o afluente do Arkansas, terem sido penteadas oferecendo-lhes uma via subterrânea, em sua cheia da primavera ele abrira uma saída em seu porão, jorrando como um gêiser até o primeiro andar. O rio depositara sobre a forração de seu escritório ricos e espessos aluviões, que depois de seu enterro urbano não mais enriqueciam as planícies de trigo regadas artificialmente, nem os territórios indígenas em que a erva seca rolava em feixes ao vento.

Glória havia reconstruído a casa. Montara um teto novo

com grandes placas pré-fabricadas, reforçadas com fibra de vidro, imitando telhas vermelhas. Substituíra as janelas de guilhotina em madeira por estruturas triplas de alumínio que compunham persianas, esquadrias e mosquiteiros. Com a coragem e paciência de uma pioneira, ela havia tirado, sozinha, a água e a lama. Postada de quatro, nádegas para o alto, nariz para o chão, ela havia enxugado tudo com o gesto redondo e milenar das mulheres, com panos de chão que ela torcia em suas mãos nuas.

Limpara cada móvel, cada utensílio, havia desaparafusado, polido, desmontado. Os livros de sua biblioteca haviam secado todo um tórrido verão sobre o gramado amarelecido; ela havia passado as férias descolando e virando as páginas, em um simulacro de leitura que ela oferecia ao vento e às nuvens do Kansas. No outono, as capas enrugadas e as páginas inchadas haviam retornado às prateleiras devidamente rearrumadas da biblioteca. A casa havia mantido um cheiro de lama que dava a impressão, ao se fechar os olhos, de que se vivia em um pântano. E, ao abri-los, de sentir-se mergulhado em um universo esverdeado que lembrava um aquário maltratado. As plantas verdes suspensas ao teto por redes de macramé agitavam-se como algas.

— Isto me faz lembrar a África — disse-lhe Aurora.

Sua casa em Camarões havia sumido em um incêndio ateado por caçadores em uma área de vegetação seca. Ela se havia postado com sua pequena chimpanzé, Delícia, no limiar da floresta, para esperar a caça. No início, ela vira surgirem os animais que o fogo perseguia, primeiro alguns, que detinham sua corrida bem em frente a elas, depois grupos inteiros que passavam em desfilada sem vê-las. Súbito o muro de chamas, da altura de uma casa, que a terra batida do campo de tênis retivera, cresceu diante dela. Ia morrer ali, quase a seus pés, por não ter mais lenha a consumir, ou bambus e erva a devorar, dominado apenas pela própria terra, vermelha e nua. Mas o vento havia duplicado a onda de fogo, ela havia recuado e voltara a crescer como a onda de um macaréu, para vir recobrir o parque e os jardins, e surgir, antes que os adultos tivessem tido tempo de barrar-lhe o caminho, por trás da casa, no lugar em que os galões de gasolina estavam estocados. A casa submergiu em uma chuva de fogo. O teto de folhas de coqueiro nativo ardeu com aquele barulho terrível de tempestade seca uivando.

Aurora havia figurado na lista de desaparecidos, com seus pais e todos os empregados da casa. Levaram tempo até reencontrá-la, muito mais longe, no sopé da colina, em direção ao rio, sem cabelos, com Delícia pelada e morta pendente entre seus braços como uma comprida boneca de pano. Ela estava recoberta de uma cinza graxenta que a tingia de cinzento, como se a tivessem mergulhado em um tonel em que feiticeiras fabricassem a tinta destinada a tornar os guerreiros invulneráveis e os caçadores invisíveis. Ela havia ficado invisível até reabrir seus olhos azuis. Lembrava-se apenas de que sentia o cheiro da floresta e, não sabendo para onde ir, tomava um cuidado infinito em deixar sinais, fixando a marca de seus pés em uma macia e espessa camada de cinza, tão preciosa quanto a areia que o mar devolve à praia pela manhã e na qual os náufragos escrevem suas mensagens de desespero.

Foi por ocasião do incêndio da casa de Middleway que o Mecânico transportou seus instrumentos, numerosos, complexos e frágeis, para a casa de seus pais, no outro extremo da cidade, em um bairro pequeno-burguês que vivia do culto à estabilidade e à segurança. Também lá deixaram abrigada Cristal, durante o tempo que foi preciso para consertar e limpar a casa. Mas a garota bisbilhotava por todo lado em busca do menor indício do acontecido, como se, em vez de poupá-la, lhe tivessem, pelo contrário, escondido algo importante, que lhe dizia respeito no mais alto grau. Acabara descobrindo em uma fenda do assoalho o olho de um de seus bichinhos, que o fogo havia feito saltar. Está vendo, está vendo, soluçou ela exibindo à mãe a prova do desastre. Ela parecia considerar a mãe suspeita de uma falta maior, porém não se conseguia compreender, tal a veemência com que o fazia, se ela a acusava de ter posto fogo à casa ou simplesmente de tê-la privado do espetáculo. Glória, que, apesar de todas as lavagens, mantinha a marca de fuligem nas rachaduras das mãos, deixava passar a tempestade, que ela atribuía a um medo retrospectivo. Ela não queria entender que na mágoa de Cristal havia sobretudo o remorso de não ter enfrentado um acidente excepcional que a teria tornado a seus próprios olhos SO SPECIAL,* com o mesmo nome do perfume que todas as adolescentes estavam usando naquele ano: SO SPECIAL.

Os soldados, lembrava Aurora, haviam conseguido tirar-lhe das mãos Delícia, que já estava cheirando mal. Haviam descerrado um a um todos os seus dedos, afastado seu cotovelo, levantado seu braço e segurado sua mão, que tentava agarrá-la de novo. Haviam arrancado os farrapos de um vestidinho amarelo que tinham ficado colados em sua pele. Tinham-na envolvido em um lençol, mas ela não usava sapatos. Sentia ainda na planta dos pés nus o calor da cinza extinta. Descolava de seus braços e suas pernas uma película cinza e fina como uma teia de aranha. Para se abrigarem os soldados haviam construído um barraco com madeira verde que estalava durante a noite, ao devolver às estrelas o calor do sol. As vigas perdiam uma seiva branca e leitosa que lagartixas transparentes bebiam. Com o peso do que bebiam, elas caíam no chão, e as formigas se lançavam com fúria sobre elas, para mamar a ponto de estourar-lhes a barriga.

Foram precisos quase dez dias para chegar a Yaoundé, onde o trem era esperado em meio a um clima de temerosa compaixão. Aurora passara de mão em mão, fora apertada contra o peito das mulheres, erguida nos braços dos homens, todos querendo dar-lhe o quarto de seu filho, o leito de sua filha. Ficou ainda alguns dias em meio a essa efervescência trágica, sem saber o que fazer com os objetos que lhe metiam debaixo do braço, com o alimento que lhe enfiavam na boca, fechando os olhos para não ver todos que a olhavam e acariciavam com a

---
* Tão especial. Em inglês no original. (N. T.)

ponta dos dedos a leve penugem loura e sedosa que voltava a crescer-lhe no crânio.

Depois chegou o dia da partida para Douala, mas antes tinham que comprar-lhe um par de sapatos. Ela queria muito isso, porque seria o único objeto realmente seu em um lugar em que tudo mais lhe fora emprestado, por ela ter perdido tudo, e ela tinha medo de que as pessoas que lhe haviam prometido o calçado não mantivessem sua promessa. E por isso repetia sem parar: Quando é que vão me comprar os sapatos?, pondo nisso uma teimosia, uma obstinação que nenhuma resposta afirmativa conseguia fazer cessar, até que a levaram a uma loja. Lá, um novo capricho: ela não quis de maneira alguma ir para a seção de crianças. Instalou-se na parte reservada aos homens, mostrou um modelo com laço, tamanho quarenta, e não quis de jeito nenhum desistir dele. Deixaram-na levar aquele par de sapatos de homem, porém ela continuou a andar descalça.

Do cais, viram-na, de coração apertado, tão miudinha em sua penugem loura, descer afetando coragem para a chalupa que devia levá-la ao mar, onde os passageiros eram erguidos em redes para bordo do navio. Um casal que partia para as águas de Vichy em busca de cura estava encarregado de velar por ela durante a travessia. O homem tomou-a nos braços e a mulher tentou tirar-lhe das mãos a caixa de papelão.

Glória se perguntava que invisível caixa de papelão estaria Aurora levando debaixo do braço naquela manhã. Ela a sentia prestes a soltar um grito, como o que ela soltara no momento em que a mulher havia tentado arrancar-lhe sua caixa de sapatos, tão ligada ao sofrimento terrível que lhe dava subitamente a ausência, a eterna ausência de seus pais. Seu punho se cerrara definitivamente sobre a saia de sua mãe, à qual ela queria manter-se agarrada.

Quando ela se virou, pernas e pés nus sob a camiseta que lhe servia de camisola, ela tinha uma tal semelhança com a criança abandonada que havia ficado na África que Glória teve vontade de abraçá-la e beijar-lhe o alto da cabeça, onde os cabelos haviam novamente crescido.

— Eu me sinto péssima — disse Aurora. — Eu me levanto cedo demais e perco toda a minha energia, como uma panela velha e furada. Só fica um pouquinho no fundo, uma gota, que eu tenho que economizar para manter-me até o momento necessário. Porque, se telefonarem do zoológico, eu tenho de estar com uma cara boa, persuadi-los de que sou capaz de me ocupar dos filhotes de chimpanzés. As pessoas julgam você é pelo entusiasmo, a paixão e... a energia!

— É a defasagem de horário — disse Glória, tentando abrir um espaço na mesa. Juntava as pastas, as fichas amarelas de papel adesivo em que ficavam escritos os recados telefônicos, e seus longos brincos de camelô, descasados. — Todas nós ficamos assim quando viajamos seguido. Você não tem idéia de como eu me sinto esgotada. Na semana passada eu desmaiei no avião para Houston.

— Mas não é só a defasagem de fusos horários — disse Aurora, sentando-se à mesa da cozinha —, é toda uma mudança de tempo, de espaço, de pessoas, de mulheres, de homens... — e seu olhar pousou em uma grande caixa de plástico que Glória havia colocado na extremidade da mesa para poder pôr a toalha para o café da manhã. Dentro dela, um bicho se agitava.

— É um rato — disse Glória. — Cristal queria um cachorro ou um gato, e eu comprei isto para ela. E, obviamente, ao cabo de dois dias ela já não se interessava por ele. Sou eu que tenho que cuidar dele — disse ela — abrindo a tampa e atirando-lhe um pedaço de cenoura. Deixado de lado por Cristal, explicou ela, o bichinho vivia a noite e dormia de dia.

— Mas ele não está dormindo — observou Aurora. O rato saltava de baixo para cima, tentando atingir com a cabeça um pequeno buraco de ventilação aberto na tampa. Agitava-se com um frenesi que o silêncio da cozinha e da casa duplicava.

— Calma — disse, Glória dirigindo-se ao rato. — Calma!

Mas ele pulava de cima para baixo e de baixo para cima em um vaivém infernal como se tivesse descoberto em si mesmo o princípio do movimento perpétuo. Ela deu um tapinha com a palma da mão sobre a caixa para fazer parar a agitação alucinada e mecânica do animal, e para estimulá-lo a roer a cenoura, ou a ficar girando em círculos, jogo odioso, mas que pelo menos não era barulhento.

— E o seu bicho, qual é? — perguntou ela a Aurora, que não entendeu a que ela estava aludindo. Em criança ela havia possuído tantos animais estranhos, modelos exclusivos, tentativas de uma natureza prolífica e imaginativa, curiosas associações de pêlos e penas, patas e mãos, mamas e sexos, caudas e orelhas, dentes e cascos, pele e pústulas, e de tudo que era possível imaginar em termos de listras e de manchas das mais variadas cores, que desapareciam quando se alisavam e se apagavam ao morrer.

Procurava-se para eles um nome e não se encontrava, buscava-se para eles um alimento e não se encontrava.

— Não é nenhum desses — disse Glória, como se Aurora lhe tivesse mostrado um quadro científico das espécies que povoam a floresta tropical — O SEU BICHO, aquele animal de que você fala no livro? — Ela tinha uma tendência a misturar a literatura e a vida de Aurora, a superpô-las, a buscar as chaves de uma na outra, como se o romance não fosse mais que uma transposição da vida, como se escrever não fosse nunca algo mais que expressar de forma disfarçada, na maior parte das vezes mais lírica, mais intensa ou mais rudimentar, as incertezas, rupturas e imprevistos da própria existência.

"Como é que você poderia descrever o amor se você não o conhece?", perguntara a Aurora um homem que ela rejeitava. Persuadido de que ele era o amor e que antes dele Aurora não havia tido oportunidade de conhecê-lo, ele achava, talvez, que se a beijasse ela lhe daria em retorno um livro. Sem dúvida ele imaginava que os romancistas eram tão ávidos de experimentar a vida quanto os pesquisadores de encontrar documentos inéditos, e que eles aproveitavam todas as ocasiões de escrever.

"É porque você viaja muito", lhe dissera uma senhora, como se uma coisa explicasse a outra. Minha vida daria um romance, confidenciavam-lhe leitores que compravam seus livros como se compram congelados porque não se tem tempo de ir pessoalmente para a cozinha.

— Era — respondeu Aurora — uma espécie de marsupial, mas eu só soube disso recentemente, através de um documentário no qual havia centenas deles, com os olhos redondos como bilhas e patinhas com unhas — não eram garras — transparentes. — Como as nossas — disse ela, estendendo sua mão com unhas curtas, acrescentando que a coisa que mais lhe tinha causado espanto na Europa é que tudo fosse rotulado, classificado, fixado dentro de normas: vacas, cachorros, galinhas, e não apenas a espécie genérica, mas até as raças de cada uma. Tudo tinha um nome, do menor mosquitinho ao louvaa-deus, só as estrelas e os micróbios, em razão do desconhecimento do mais vasto ou do micro, é que ainda provocavam interrogações. Mas os homens de branco inclinados sobre seus microscópios já estavam anunciando em entrevistas coletivas à imprensa que um vírus novo havia aparecido, enquanto os astrônomos com os olhos voltados para o céu saudavam o nascimento de uma longínqua estrela. Os objetos desconhecidos recaíam no grande catálogo das coisas conhecidas, que logo se apressavam a fechar e esquecer, porque não se pode saber tudo, nem registrar tudo.

Tia Mimi afirmava que cada objeto tinha um nome e um lugar no universo. E isso começava pela ordem da mesa: garfo à esquerda, faca à direita, e prosseguia nas alamedas do Parque Beaumont com a denominação de todas as espécies vegetais: Repita!; depois com o passeio aos Pireneus, dando o nome de cada pico e montanha: Repita!, ordenava ela a Juju. Por fim, andando pelas ruas ao acaso, pela nomeação de todos os nomes de ruas e praças da cidade diante de suas placas: Soletre! Mas aquele animal tinha ficado sem nome.

Tal como Tia Mimi, Glória exigia que não restasse um mínimo trecho de sombra no universo literário de Aurora. Mas como expressar o indizível, apropriar-se do desconhecido? Ela julgava que o escritor era um sábio em relação à própria obra e que ele devia, pelo menos ele, ter dela uma idéia clara. Estava agora feliz de saber que o animal era um marsupial e, em *Uma mulher africana*, ela traduziria este termo impreciso por o "pequeno marsupial".

— Eu acho — disse Aurora — que apenas animal é melhor. E ao dizer isto sentiu de novo na pele a doçura loura do pequeno animal, sua cabecinha redonda, a suavidade anelada de sua grossa cauda, seu cheiro acre, seu calor picante e o tamborilar de borracha de seus dedos embaraçando seus cabelos para neles fazer ninho. — Sim — disse a Glória —, eu prefiro dizer animal.

Quando ele saltara de seu ombro e caíra no chão, e ela o pisara sem querer, esmagando-o, para consolá-la lhe haviam dito: "Mas ele não passa de um RATO PALMISTA,* há milhares deles por aí!" E quando tiveram que jogá-la contra a parede em violentas sacudidelas para fazer parar aquele tremor que lhe sacudia todo o corpo, ela também não era mais que um RATO, um RATO NOJENTO.

— Estou com frio — disse Aurora. Então Glória pegou seus pés, colocando-os sobre suas coxas quentes, e começou a massageá-los com as mãos. — Eu sei — dizia a si mesma Glória, lembrando-se do que lhe dissera Babette —, eu me comporto como a velha mãe preta diante da princesinha branca, mas elas são tão vulneráveis e eu sou tão forte. — E continuava a esfregar os pés de Aurora para reconfortá-la: — eu sou tão forte, tão incrivelmente forte. — Aurora deixava que ela o fizesse com um abandono de criança sendo amamentada. Ela sentia uma sensação de ternura inefável em pôr os pés bem sobre os joelhos de Glória, deixá-los entre essas coxas morenas e douradas, macias e quentes, grandes e acolhedoras. E enquanto o calor lhe voltava pouco a pouco, enquanto as mãos secas o ativavam, ela sentia que gostava do corpo de Glória, com sua cor de mel escuro, sua textura elástica, ela, que na vida não gostava daquele hábito de se darem bom-dia encostando a face uma na outra, misturando seus cosméticos.

---

* Pequeno roedor da África e da Ásia, de pêlos duros e espinhosos. (N.T.)

Glória se assemelhava muito a Leila em sua maneira de enfrentar a existência no corpo-a-corpo, como se o importante não fosse deixar-se viver e sim lutar, em todo e qualquer campo. Em Paris era a única amiga de Aurora. Elas haviam se encontrado uma dezena de anos atrás, diante do Monoprix do Boulevard Sebastopol. Leila estava caída na calçada, como uma mulher que tivesse acabado de quebrar o salto do sapato. Chorava, e a multidão se desviava ao passar por ela. Aurora ofereceu-se para ajudá-la, ela recusou. Não se tratava de um salto quebrado. E ela preferia ficar entregue a sua dor, a sua tristeza, chorar sozinha na Sebastopol. Aurora conseguiu que ela pelo menos atravessasse a rua. Instalaram-se em um café na esquina da Rua Réaumur. Mal se sentou, Leila assumiu outra postura, uma espécie de dignidade dominadora, quase provocativa, pedindo uma cerveja. Aurora reconheceu a mulher habitual. — Você é minha convidada — disse ela, fazendo ver àquela que lhe tinha dado ajuda que seu controle ou sua dominação não ficavam nisso e que, ao voltar a seu modo de ser normal, ela retomava também as rédeas do próprio destino.

No segundo copo, ela abriu sua cestinha, tirou de dentro um minúsculo cãozinho, enrolado em um pulôver e o colocou nos joelhos de Aurora, dizendo: — Toma, é seu!

— Eu fui até lá — explicou Leila apontando na direção do Sena — e disse a eles: "Eu quero um de pêlo macio, manso e que não cresça muito, que é para uma pessoa doente." Detonei minha grana toda! — Fazia passar entre o polegar e o indicador todas as notas que lhe haviam custado o cachorrinho, mais a ração, e mais a coleira com a guia. — É MESTIÇA — disse ela com orgulho.

Destinava sua cadelinha a seu pai, um ancião encarquilhado que estava acabando seus dias em um sótão do bairro. Ela queria que fosse um presente de reconciliação porque ela não fora a filha que ele merecia e também porque, ao saber que ele estava muito doente, desejara oferecer-lhe um substituto dela mesma, em que ficasse concentrado todo o amor que ela não tinha podido dar a ele. Ela se obstinava em crer, como todos os mal-amados, que o amor que não se recebeu continua existindo em algum lugar, pronto a cair de novo sobre ela.

Quando ele lhe abrira a porta, caquético, a tez terrosa, dobrado em dois, a cabeça envolta na nuvem pestilenta do cigarro, ela nem o reconhecera.

— O que é que você quer? — dissera ele, irritado, sem parecer reconhecê-la. Leila lhe estendera a cadelinha: — É para você.

Ele ficara lívido e depois entrara em um daqueles acessos de cólera que antigamente o faziam gaguejar ao prorromper em insultos e ameaças. Mas agora tossia com acessos tão fortes que lhe saíam aos arrancos do peito e o faziam oscilar. — Uma cadela — gritava ele enquanto Leila o empurrava até sua poltrona —, esta puta está me dando uma cadela. Some daqui, nojenta!

E tinha-lhe dito que ela tinha sorte de ele não poder estar se sustentando nas pernas, do contrário não se privaria de dar-lhe uma surra, de esmagar-lhe o nariz e arrancar-lhe os cabelos e, para terminar, enfiar-lhe uma faca na garganta como a uma porca, que é o que ela era, tal como sua mãe, suas irmãs e como a França, que o tinha deixado naquela situação.

— No fundo ele não estava errado — comentava Leila, ela era realmente uma prostituta, a cadela era uma cadela, e a França o havia esquecido com uma aposentadoria de ex-combatente e um crédito ilimitado em cigarros vagabundos que ele fumava um atrás do outro. Mas ele não devia tê-la insultado.

Não se diz puta, ela preferia o que estava escrito em seu formulário de impostos: "trabalhadora independente", que ela traduzia, por exigência moral, para "trabalhadora humanitária". Depois, "puta" nem mesmo era francês.

— É sim — disse Aurora —, francês antigo.

— Mas o que ele quis dizer foi porca mesmo. Que é que você acha de trabalhadora humanitária? — perguntou Leila.

— Fica melhor — disse Aurora.

— E além disso expressa bem o que isso significa. Se você tivesse uma idéia dos sofrimentos que eu alivio, assim, do nada, apenas comigo mesma...

Ficava em aberto a questão da cachorrinha. Apesar de sua vontade de ficar com ela, Aurora explicou a Leila que ela estava de partida daí a alguns dias para a África.

— Viagem de negócios? — perguntou Leila.

— Eu faço roteiros.

— De cinema? — quis saber Leila subitamente muito animada.

— Documentários — respondeu Aurora e, visando moderar o impulso de Leila —, documentários sobre animais.

Ora, do que mais Leila gostava na televisão eram os seriados americanos e os documentários sobre a extinção dos grandes animais. Ela vivia em um universo em que o grande devora o pequeno, em que os homens armam armadilhas para as mulheres, em que as mulheres se estreitam em abraços de aranhas venenosas, em que as hienas devoram o gnu que está acabando de nascer, ainda envolto em líquido amniótico. As louras dos folhetins não agem de maneira muito diferente dos cães da planície que roubam os filhotes uns dos outros.

Predadores, são todos predadores! Os crocodilos, os tubarões, os tigres se lançavam sobre suas presas tais como, de um seriado a outro, as mesmas atrizes se devoravam entre si. Uma daquelas cheias de *blush* e laquê, com brincos enormes como pires, tinha desposado sucessivamente todos os homens de uma mesma família, de modo que já não se sabia mais se seu último marido era o avô ou o pai de uma criança que seria, porém, segundo a solução dada pela pesquisa genética a que o folhetim dava margem, ao mesmo tempo, irmão, tio ou tio-avô de sua avó, que copulava com os heróis de uma outra série cuja história se passava exatamente no mesmo cenário. E diante dessa família animal e humana que se regenerava infinitamente para melhor se destruir, Leila suspirou:

— E você, você também não tem mais ninguém?

— Ninguém mais — respondeu Aurora. E não estava mentindo. Leila pediu mais uma cerveja e a bebeu à saúde de toda aquela solidão ali reunida, a de Aurora, a sua e a recente solidão da cachorrinha: — Pobre bichinho, já começa a vida numa dessas.

De sua humilhação primordial a cachorra guardara vestígios. Seus inícios foram difíceis: ela se recusava a andar, a descer as escadas, a ficar sozinha. Fazia má-criação, pondo o focinho entre as patas e reagindo tão pouco às provocações que Leila chegou a pensar que ela fosse surda. Apenas seu olhar, que de repente se desviava, revelava seu grau de recusa. Em pouco tempo ela só comia o que queria, e o que ela queria é o que estava no prato de Leila, na temperatura em que Leila o ingeria. Dormia no travesseiro de Leila, e debaixo de suas cobertas. Sua intolerância em relação às ocupações de sua dona limitava seu atendimento a clientes a alguns minutos e ainda com a condição de que não se repetissem. Em compensação, ela gostava de participar às escondidas, e ia e vinha com a cauda para o alto e o nariz no meio-fio que marcava quase que em centímetros o território de Leila no *trottoir*. Que destino, coitadinha!

Por muito tempo Aurora ficou sem vê-las e persuadida de que não voltaria a encontrar nem uma nem outra. Mas Leila continuava em seu posto de costume, em uma esquina do Monoprix, tendo na extremidade de uma correia vermelha Bobinette que de seu cruzamento havia escolhido ser sobretudo um bassê, um bassê plantado no alto de suas patas e com um rabo de lulu da Pomerânia. Elas fizeram muita festa a Aurora e Aurora adquiriu o hábito de ir encontrar-se com elas, quando estava em Paris, uma ou duas vezes por semana. Quando Leila estava ocupada, ela se encostava à parede em seu lugar para esperar por ela, e lá ficava com os olhos postos no vazio para mostrar que não era do ofício. Um dia em que ela tomava conta de Bobinette enquanto Leila fazia seu trabalho, um homem a abordou, pensando que ela era Leila, "POR CAUSA DO CÃO", explicou ele, desculpando-se, seu olhar não tinha ido até seu rosto.

Leila não falava de sua profissão, e Aurora soube por acaso que a esquina Réamur-Sebastopol era um local estratégico para conseguir jovens executivos dinâmicos acompanhando suas mulheres que fazem compras no Monoprix. Quanto ao sexo, ela usava metáforas animais que não eram, ao que parece, muito favoráveis aos homens: uma toupeira fuçando a terra; ou, lembrando o elefante, imitava no *trottoir* uma batalha de cimitarras, em que eles balançavam seu imenso instrumento querendo fazer cair do céu a lua. Com o alfanje na Via-Láctea. O futuro, confidenciava ela, é a bestialidade.

Elas estavam bebendo algo no Ahmed, e Leila se mostrava inquieta com a saúde de Aurora. Despencar-se por todos os zoológicos do mundo não era mais saudável que fazer seu vaivém em um desvão de escada. Falavam em mudar de vida. Instalar juntas um salão de tratamento para cãezinhos: Ah! como eu cuidaria de sua violetinha! Ou contar histórias de animais famosos nas escolas. Ou fazer leituras para cegos. Mas aí, Leila prevenia Aurora, nada de romances! Histórias longas, eles não dão a mínima, eles se cansam. Coisas concretas, como a rubrica dos aparelhos eletrodomésticos, cortinados e objetos de decoração que vêm nos catálogos: um par de enfeites de lareira em latão imitando cobre com duas cabeças de leão... Uma *bonbonnière* maravilhosa, de porcelana de Limoges, pintada à mão com personagens campestres circundados com um fio de ouro... Interromper-se para descrever o que estava na foto: Uma pastora de vestido azul com um pequeno buquê na mão. Disso eles gostam, você vai ver. Aurora comovia-se profundamente de ver que Leila, tal como Glória, ao unir sua sorte com a dela, desejava SAIR DAQUILO.

Leila tinha uma indicação confidencial que lhe possibilitaria tornar-se inspetora na fundação Brigitte Bardot. É uma mulher que sabe tudo sobre a vida, comentava Leila. A função de inspetora não lhe exigia uma capacitação especial, apenas coração, mas, no caso, um coração grande como o dela. E como Aurora lhe perguntasse o que é que essas inspetoras inspecionavam, Leila lhe explicou apaixonadamente que elas socorriam todos os animais maltratados, no Peru, na Andaluzia e até na França mesmo, nos laboratórios, nas fazendas, nos matadouros: os cães presos aos quais se cortou a língua, os gatos cujos olhos foram arrancados, os bezerros que tiveram as patas cortadas, os macacos que tiritam de febre... Não queria dizer mais nada a esse respeito, mas suplicava a Aurora que pensasse na nova situação, que lhes mudaria radicalmente a vida. Com trinta milhões de amigos e sessenta milhões de consumidores, o pão de cada dia estava garantido.

Ao tomar o metrô de volta, que a levava ao Odéon, no meio da multidão da noite, diante dos rostos cansados, Aurora dizia a si mesma que Leila tinha razão de sonhar com um trabalho humanitário em que apenas o coração ficasse em exercício. Era preciso ajuda para aquela vida do dia-a-dia, que se tornara tão dura. Olhar pessoas que esperam pelo seu olhar, apanhar uma luva que cai, segurar uma porta, empurrar uma roleta, carregar um pacote, eram coisas que estavam a seu alcance. Nada que não fosse concreto, tal como nos catálogos. Ela ia mergulhar de cabeça na leitura dos jornais de consumo, que sabem muito bem em seus testes comparativos desfazer as ciladas e fazer da descoberta de uma cavilha torta ou de um sistema elétrico falho um folhetim tão apaixonante quanto os seriados da televisão. Ela leria para os que não vêem: "Você tem REALMENTE necessidade de uma secadora?" E as pessoas sentiriam estar ouvindo uma versão moderna, metálica e eletrônica dos predadores!

Ou então, disse Glória, num relance de iluminação súbita, se em lugar de "pequeno marsupial" eu pusesse simplesmente: um rato palmista? Seria mais exótico.

Aurora retirou o pé.

Babette surgiu na soleira da porta, de camisola de dormir de náilon verde-água. Ela dizia camisola de dormir, mas era um desses troços horrorosos que chamamos de *baby-doll*, e que Glória, que não jogava nada fora, tinha tirado do fundo de uma de suas gavetas, do fundo de sua própria história, só para servir a Babette. Ela estava calçada com botas mexicanas de crocodilo negro, com incrustações de prata no cano e na ponta, e havia jogado sobre os ombros, à guisa de penteador, seu casaco de *vison*, de uma largura incrível. Estava com seus óculos Dior. Não consegui pôr minhas lentes de contato, estou com os olhos daquele jeito! E mostrava com as mãos encarquilhadas que ela tinha em lugar dos olhos duas bolas tumefatas.

Glória lhe aconselhou compressas de chá. Babette teve um gesto de enfado, ela já havia tentado de tudo, água de *bleuet*, de rosas, de flor de laranjeira... Glória lhe garantia que o chá tinha um poder SUPERdescongestionante. Aurora havia posto dois saquinhos para ferver na chaleira e Babette os apertou contra os olhos, sob os óculos. O chá escorreu por seu rosto como se fossem lágrimas sujas.

— Eu estou ficando velha — disse Babette começando a chorar. — Foi isto que ele fez comigo. Ao me abandonar, de um só golpe, fez de mim uma velha!

E como ela expunha seu magnífico corpo através de sua camisola transparente que se colava a seus seios e coxas, Aurora e Glória não a achavam de modo algum velha, e até rudemente desejável. Qualquer homem que tocasse naquele momento a campainha — não importa se um carteiro, um guarda, um bombeiro ou até o próprio pastor da casa em frente, a quem ela abrisse a porta naquele momento, se jogaria de imediato sobre Babette. E a carregaria — continuavam elas a crer — como um bocado digno de um rei entre seus braços viris. Para prová-lo, Glória propôs chamar o professor de gramática espanhola cuja mulher havia voltado para seu país e entregar-lhe Babette nua e crua.

— Ele fez de mim uma velha. — Ela não desistia. Tirou os óculos, levantou os saquinhos de chá e ergueu o rosto para mostrar seu grau de desgaste. Uma verdadeira devastação: uma pele flácida, um nariz vermelho, uma boca apertada, os olhos perdidos, uma espécie de desordem em todos os traços.

"DESORDEM", pensou Aurora. "Eu nunca usei este termo a não ser para a desordem material, que não o expressa totalmente." Ela gostava que a vida a fizesse testar o próprio vocabulário. Veio-lhe à mente a expressão "reparar a desordem", que era uma obsessão na literatura clássica. Por todo o século XVII fugia-se da desordem, e com muita razão. Ou, melhor, permitiam-se ficar perturbados, mas sem chegar à perturbação completa, a virar de pernas para o ar. Não devemos nos enganar de palavra, pois nos arriscamos a nos enganar quanto aos estados de alma e as atitudes. E enquanto divagava, olhando os traços desfeitos de Babette, Aurora sentia a própria animosidade para com Glória, que misturava levianamente os termos e que teria passado, sem se dar conta, da desordem ao transtorno total!

— Ah!, a cara, bom, a cara — dizia Glória, dirigindo-se a Babette —, a cara não está lá muito boa, sobretudo assim, infiltrada pelas lágrimas, pelo cansaço do colóquio, sem falar no álcool de ontem à noite e em todos os tranqüilizantes que você tomou. Mas, se você quer a verdade — continuou ela ("não essa verdade", disse consigo Aurora, "não essa verdade que não é mais que uma expressão de seu ressentimento!") —, para ser franca, se você quer saber, você está feia, mas não está velha. Não está mais velha agora que antes do Aviador. Mas já não está tão bonita como antes, como era antes do Aviador.

E lembrava a uma Babette sacudida pelos soluços que ela fazia de tudo um drama: a respeito de seu nariz que era muito grosso, ou de sua boca em navalha, e de sua miopia que lhe fazia saltar os olhos. Você não agradava a si mesma, você jamais gostou de si mesma. Era um drama quando você fazia permanente nos cabelos, drama quando mudava de óculos, drama quando comprava uma base de maquilagem... Hoje você não está pior do que ontem, e eu não vou perder nem um minuto para tornar a dizer o que eu já cansei de lhe repetir — e contava mentalmente — ... há vinte e sete anos.

Sim, mas o Aviador havia feito com que se esquecesse de seu rosto! Uma ova!, interrompeu Glória, a prova é seu rosto, ele está aqui com você, é o seu rosto de sempre e, inclinando-se sobre Babette para abraçá-la — é dele que nós gostamos, é o rosto de nossa Babette querida — e, jogando-se bruscamente sobre Babette, beijou-a nas duas faces, apertando-lhe a cabeça contra o peito, como se fosse um objeto perdido que tivesse sido reencontrado em algum lugar.

Aurora achava que Babette estava perturbada pela violência de forma não muito diversa da que ela própria estaria, pois teria tido dificuldade em sofrer o que era difícil de suportar até como testemunha. Em relação a Lola, Glória demonstrava mais tato, embora a tratasse com rudeza, exercendo sobre a atriz uma terapia que exigia que a outra, que nunca conseguira agir de outro modo durante toda a sua vida, não tivesse caprichos em sua presença: Aqui você não é uma estrela!

Na universidade ela tinha a reputação de ser dura e de sempre dar nome aos bois. Orgulhos feridos jamais haviam cicatrizado, sofrimentos mudos transformando-se, então, de votos secretos, em uma oposição sistemática, cega e feroz. E nada garantia que os sorrisos e sinais de cortesia ou de viva amizade que se viam expressos em torno dela não passassem de simples ritos propiciatórios a uma violência cataclísmica que a mínima falha poderia fazer vir à tona.

Com relação a Aurora, Glória desenvolvia todos os charmes de uma sedução que ainda não cessara e que teria a vencer o obstáculo maior daquele EMPRÉSTIMO no qual ela se havia engajado apaixonadamente. De um modo ou de outro, isso seria a causa de uma ruptura que, no estado de seus sentimentos por Aurora, era-lhe impossível antever. Preferindo, se sua fraude fosse descoberta, segurá-la ali, retê-la, a deixá-la partir para sempre. "Deus meu, eu sou louca!", dizia para si Glória, pensando na forma mais prática de seqüestrar Aurora, no final das contas algo mais simples de organizar do que a difícil confissão do plágio pelo qual ela teria que vir a passar. Mas, por que não retardar sua partida, por exemplo? Tenho que fazer com que o zoológico a contrate. Que ela fique com os chimpanzés. Eu fico aqui e ela fica por lá. Nós lhe daremos papel e lápis. Ela vai escrever, e eu vou digitar. Ela vai criar e eu vou assinar. E assim terei tempo de prepará-la para essa questão, que será devidamente arrumada.

    Aurora olhava Babette, seu corpo incrível. Por que incrível? Por causa daquela cabeça colocada sobre ele? Por causa de sua idade? Ou apenas porque ela nunca havia pensado que um corpo pudesse ser, em todo o seu talhe, de tal beleza. No seu caso, tal como em uma cantilena ou jogo infantil em que se designam todos os papéis, seu marido lhe havia desenhado o corpo apontando o que nele faltava: seus seios eram pequenos, seus quadris finos, o ventre achatado, as nádegas de menino. "Eu não tenho corpo e não tenho rosto porque os que tenho são de outra", dizia para si mesma Aurora. Babette possuía um corpo e uma forma. Que era tão indecente quanto a dessas figuras de voluptuosa vulgaridade que se penduravam nos anos cinqüenta nos quartos de dormir. E assim como se pode perguntar qual a razão de um nu desse tipo sobre um leito conjugal, Aurora se perguntava sobre o homem que havia ousado pôr em sua cama o corpo de Babette.
    Ela olhava para Babette e se sentia maravilhada de ver tanta carne suculenta: grandes seios duros, um ventre redondo, nádegas cheias, quadris largos e uma cintura que se estreitava

no meio como uma formiga. "Gosto desse corpo", se dizia ela. E sentia-se reconhecida a Babette por expô-lo assim, sem pudor. Ela teria gostado de tocar naqueles seios para saber com suas mãos se eram firmes, ou naquelas nádegas, para ver se eram realmente macias. Acariciar seu dorso com a palma da mão, como se fosse o de um grande animal. "Meu Deus", dizia ela, "existe um ser assim e ele me havia sido escondido sob nomes repugnantes." Ela havia dispensado carícias sem conta a gatos, cachorros, pássaros e homens... E achava que jamais havia acariciado um homem por prazer. Não, nesse instante, ela estava certa disso, ela raramente tivera vontade de acariciar um homem, nem seu rosto, nem sua boca, nem seu torso, nem suas nádegas, nem suas coxas — o que ela, no entanto, havia feito muito aplicadamente, com a mão um tanto insegura.

— Nossa, o que que é isso? — perguntou Babette, apontando a caixa de plástico em que o bichinho havia recomeçado seu barulhento manejo.

— Um rato — respondeu Glória em tom de desafio.

Babette endireitou os óculos e se aproximou:

— Por que você diz que é um rato, se é uma *gerboise*?* Nós tínhamos delas na Argélia. — Rato ou *gerboise*, Glória não via a menor diferença.

— Se — continuou Babette —, se você diz rato, você fica com nojo; mas se você diz *gerboise*, além de lhe reconhecer a identidade, você está anunciando que tem um canguru em miniatura.

Glória subiu nas tamancas. Ela dizia rato porque ela chamava um rato de rato. Ela não tinha nada a ver com a *gerboise* argelina de Babette ou com aquele rato que o comerciante lhe havia feito comprar, a pretexto de que todas as crianças queriam um ratinho de estimação. Era um rato e, aliás, um rato

---

* Pequeno roedor da África e da Ásia, apto para o salto por suas patas traseiras, quatro vezes mais longas que as dianteiras. (N. T.)

muito feio, com um rabo detestável. Ela estava de saco cheio de Babette e suas críticas, que se manifestavam a cada palavra sua. Não agüentava mais essa época terrível em que se linchava, se envenenava, se massacrava, mas que se deixavam cuidadosamente de lado as palavras mais cruas e fazia-se a assepsia da língua para só adotar um vocabulário de marketing.

— Chega, chega — implorou Babette.

— Nós temos dez ratos para cada pessoa no mundo — continuou Glória. — Em breve nós teremos cem; e no futuro, quando a palavra não existir mais, teremos mil ratos para controlar cada um de nós. Nós seremos escravos deles e os chamaremos de Mestres, em vez de dar-lhes o nome de Ratos.

— Chega, chega! — repetiu Babette.

— Essa não — rugiu Glória. — Pára de me dizer pra calar a boca! Eu estou ainda em minha casa, em minha cozinha, não estou? Eu ainda tenho o direito de fazer o que quiser, de dizer o que quiser. — E continuou, como se não estivesse dizendo nada demais, a falar da sociedade que não ousava mais se expressar a não ser usando aspas, de medo de ter que assumir um pensamento mais forte, uma idéia mais clara, palavras demasiado concretas. Ela passeava por toda a cozinha, com os braços afastados e o indicador levantado, balançando como uma grande coruja cinzenta.

— ... Não há mais um estudante que tome a palavra sem se desculpar antes, erguendo dois dedos de cada mão; não há mais um intelectual que afirme o que quer que seja na televisão sem enviar aos telespectadores um sinal mágico de seu descompromisso. — E Glória abria ganchos no ar com um gesto no qual Aurora, estupefata, reconheceu a interpretação mecânica das aspas.

— Você bem que precisaria pôr alguns deles em sua vida e em seus trabalhos — replicou friamente Babette, desenhando por sua vez linhas curvas no espaço de um lado e do outro de sua cabeça inchada —, se é que você entende o que eu quero dizer... E diante de Glória, súbito reduzida ao silêncio, ela completou: — Seu rato não está bem. Você lhe deu água?

— Droga! — constatou Glória, vendo que o bebedouro estava vazio.

Dirigiu-se rapidamente para a pia, de onde Aurora, que se havia aproximado da janela, olhava a rua. Havia um grande movimento de carros diante da igreja batista. Homens enchiam a piscina inflável e fixavam sobre o capim um tapete de grama artificial. Seus gestos rebrilhavam na luminosidade como se eles tivessem semeado aqui e ali grãos de sol.

— É o culto — explicou Glória, enchendo a banheira do rato.

O telefone tocou e Aurora sobressaltou-se. A vida lhe parecia desenrolar-se sem comunicação com o mundo exterior neste país enorme, nesta universidade magnífica e sobretudo dentro desta casa fechada que abria apenas um olho para a rua, a janela por cima da pia, espremida entre suas cortinas de náilon mal colocadas, com bolinhas atadas com pequenos nós. Quem é que pode saber que eu estou aqui? O que haveria de tão urgente, ou que grande desgraça poderia ter conseguido penetrar nas camadas de proteção que abafavam todos os ruídos, sobretudo os da França, que, vista dali, não mais existia? E aí tornou a pensar no zoológico. Até que enfim!, disse para si mesma.

— É Horácio — falou Glória dirigindo-se a Babette, que se recusou tão energicamente a pegar o fone, que Aurora pensou por um instante que se tratava do Aviador, antes de se lembrar que Horácio era secretário de Babette. Seguiu-se uma conversa indireta em que Babette se exprimia por intermédio de Glória, com sinais rápidos e nervosos, ainda mais por ter tido naquela manhã mesma uma briga feroz com seu secretário.

— Você tem que estar aqui, em frente à casa, às onze horas em ponto — traduzia Glória, que continuava a seguir Babette com os olhos — ... que é a última chamada para o avião do meio-dia... Não, ela não vai despachar a bagagem... Sim, claro, você e as pastas também... Não, não é o caso de pôr as pastas na bagagem, ela não tem duplicata... Está bem, é você que vai carregá-las. Se ela está bem? Isso você mesmo vai ver. Ela não te manda um abraço! — E depois, mudando de tom, e de brincalhona e descontraída passando subitamente a autoritária: —- Agora me passe o OUTRO! — Que outro? Mas Babilou, sem essa, como se eu não soubesse que ele passou a noite com você! Ah, ELE ESTÁ DORMINDO! Pois vá acordá-lo!

— Ele está dormindo — disse ela dirigindo-se às outras mulheres que estavam na cozinha. — Ele está dormindo — repetia, preenchendo o tempo que Horácio levava para acordar Babilou, para convencê-lo a vir falar com a Patroa, para lhe explicar que se ela tinha que lhe fazer sermão era melhor que fosse por telefone, porque ele poderia, se ela gritasse demais, afastar o fone do ouvido e deixá-la falar no vazio. — Puta merda, eu já estou por aqui com essa tia velha — resmungou Babilou pegando o telefone.

— Este calhorda está dormindo no momento em que ele deveria estar acompanhando os canadenses ao aeroporto — resmungava Glória. Ela havia retomado seu ar de fuinha agressiva, os olhos estreitados pela raiva, o queixo contraído, a boca cerrada. Seu corpo maciço balançava de um pé para o outro: — Eu não gosto dele, tenho nojo dele — comentava ela.

— Feliz Páscoa — sussurrou Babilou no telefone, fazendo uma voz alegre. — Boas Festas, Cristo ressuscitou!

Glória ficou roxa como uma berinjela.

Após cada colóquio, Glória e Babilou beiravam a ruptura: era o resultado de uma crescente tensão devida, em parte, ao fato de que Babilou aproveitava o Colóquio de Middleway para se entregar aos excessos de uma sexualidade compulsiva, aproveitando o que semelhante reunião canalizava de jovens disponíveis em torno de mulheres maduras e poderosas. Ele fazia da grande missa feminista uma festa do sexo masculino, proporcionando tanto prazer, brincadeira e delicadeza em seus exercícios amorosos quanto o que ali havia de seriedade, de contenção e de puritanismo. Enfim, o Colóquio tinha duas faces:

Glória dirigia a representação *In*, mas os exercícios *Out* de Babilou eram mais divertidos.

Foi quando se viu em consulta com sua ginecologista, os pés imobilizados em estribos e o espéculo fincado no corpo, que Glória ouviu pela primeira vez falar de Babilou. A ginecologista se queixava de que seu filho, depois de ter realizado estudos de arquitetura chinesa e de música irlandesa, queria aprender francês. Glória percebia pelo tom da médica que o francês representava, se não uma verdadeira decadência em relação aos assuntos precedentes, pelo menos um motivo de desolação materna, o sinal, enfim confessado, de que seu filho não servia para nada. Deitada de costas, as pernas para o alto, Glória pôs-se a defender o francês com tal paixão que a ginecologista, tomada pela dúvida, parou de olhar seu bico de pato para fixar os olhos no rosto de Glória, cuja argumentação ela contestava.

— E os *feminine studies*? — perguntou Glória, fazendo um esforço para erguer a parte superior do corpo.

— Bah! — fez a ginecologista, voltando a mergulhar o bico de pato.

— E a francofonia? — jogou Glória, deixando-se recair na mesa de exames. Ela não poderia contestar que o francês não era uma matéria de futuro!

— Se você acha... — concedeu a ginecologista.

— Será que não dá para retirá-lo? — pediu Glória, designando o espéculo.

— Ih, onde é que eu estava com a cabeça? — desculpou-se a médica.

De certo modo, Glória havia parido Babilou naquele dia.

Seria exagero dizer que ela ficou encantada quando aquele pigmeu de um louro encardido, que respondia pelo apelido de Babilou e vinha recomendado pela ginecologista, apareceu em seu escritório. Ela refletiu consigo mesma que nem todos os homossexuais eram bonitos, opinião que antes nunca havia posto em dúvida. Relacionando a beleza de um homem a uma homossexualidade intrínseca, ela havia afastado de seu caminho amoroso todos os homens que realmente lhe agradavam para, enfim, fixar-se sensatamente na mediocridade estética do Mecânico. Sua animosidade em relação a Babilou começou com sua decepção e aumentou quando ela se deu conta de que a alma ou o coração, que em suas primárias teorias supostamente compensariam os defeitos físicos, nele, pelo contrário, acentuavam-nos, segundo esta figura de estilo que denominamos redundância. Babilou era ainda mais feio moral que fisicamente. Ela havia instalado em seu escritório um inimigo, mas, em vez de desembaraçar-se logo dele, ela o usava para atiçar aquela cólera latente que era o motor mesmo de sua atividade. Irritava-se constantemente com Babilou, reduzia-o a uma escravidão à qual ele aparentemente se prestava e em compensação relaxava sua autoridade sobre os demais colaboradores.

Ele se tornou um secretário muito particular, seu pau pra toda obra. Foi ele que deu a Cristal suas primeiras lições de direção, e a ginecologista pagou um pára-lama novo no Cadillac do filho. Era ele que ia levar as roupas da Patroa para lavar a seco, buscar frango frito quando ela tinha um ataque de fome durante seu regime, regar as pobres plantinhas verdes, dar de comer e beber ao rato do qual ninguém mais cuidava e limpar a caminhonete do Mecânico entre duas entregas de mercadorias.

Há algumas semanas ele estava traduzindo, com um tratamento de texto *ad hoc*, excertos do romance de Aurora que Glória havia sublinhado com um marca-texto amarelo. Ele odiava esse trabalho de palavra em palavra, que batia com o indicador, letra a letra. Seus olhos choravam diante de uma tela tão ruim que ele terminava seu penoso dever noturno, para que cada manhã fosse uma libertação. Glória o encontrava ao despertar, diante de sua própria tela: Splatch! Have a good day.

Oficialmente, a finalidade seria dar uma visão do conjunto da obra de Aurora Amer aos estudantes do grupo de *feminine studies*, resumindo-a em fragmentos. Mas, utilizando o código secreto do computador da Patroa, como teria feito antigamente alguém que abrisse uma gaveta depois de ter-lhe surripiado a chave, Babilou havia descoberto que sua tradução estava na realidade alimentando o futuro romance de Glória Patter, *African Woman*. Splatch!

Devido à lentidão e à irregularidade de seus trabalhos de tradução, o romance estava apenas esboçado. Mas dele já se depreendia um enredo: nativa de uma cidadezinha africana, a Village-Modelo, uma jovem descobria em um bordel mantido pela Rainha Mab a vida de Port-Banana.

Ele havia de imediato telefonado a Horácio, na Missing H. University para informá-lo da tratantagem em curso.

— NÃO! — exclamara Horácio com aquele tom que dava logo vontade de lhe dizer algo mais.

— SIM! — retorquira Babilou. — É uma tramóia e tanto!

Horácio tinha ido encontrar-se com Babette. Esperou que todos os visitantes saíssem, fechou a porta, sentou-se diante dela e lhe perguntou se tinha conhecimento de que Glória estava escrevendo um romance.

— Um romance! — exclamara Babette, como se lhe dessem uma punhalada pelas costas. Em sua competição com Glória, se havia uma coisa de que ela estava segura, é de que a outra jamais escreveria. Era indiscutível que sabia usar um teclado, enviar mensagens pelo correio eletrônico para o mundo inteiro, transferir arquivos, mas tinha a cabeça vazia. Se alguém tivesse que escrever um romance seria ela, que tinha tantas idéias que nem sabia o que fazer delas.

— Sim — continuara Horácio —, e vai se chamar *African Woman*!

— Mas ela nem conhece a África! — interrompera Babette.

— E daí? — Horácio lhe dera o mapa da mina: Babilou traduzia Aurora Amer em fragmentos. Glória ajustava, traficava, suturava, tirava uma palavra aqui, substituía um nome ali...

— Então é um plágio! — disse Babette.

— Não sou eu que estou usando este termo — comentou Horácio, buscando eximir-se de responsabilidade.

— Mas isso é grave — continuou Babette. — Temos que ficar longe disso. O colóquio inteiro será afetado e eu não quero perder a minha reputação...

Babette perguntou se o romance estava muito adiantado. Não, respondera Horácio, pelo menos se desse crédito a Babilou, ainda não passava de uma compilação de citações mais ou menos bem traduzidas. Então eu vou falar com ela, dissera Babette. Eu tenho que discutir isto com ela.

Babette telefonou para Glória, e Glória fingiu não entender. Não era fácil dizer-lhe que seu código secreto havia sido forçado, que Babilou havia avisado Horácio, mas que nem um nem outro queria aparecer no caso. E daí?, disse asperamente Glória, trata-se de um resumo feito em inglês para os estudantes que não querem ler mais nada. Ela não via o que poderia haver de censurável em querer dar a conhecer Aurora Amer a um público maior. *African Woman* não passava de um título de seu arquivo. E o assunto estava encerrado.

Babette, que já havia feito mais de um confessar, retomou a discussão. Ela queria ter certeza de que Aurora Amer estava ciente disso. Glória irritou-se, falou sucessivamente em intertextualidade e oralidade, disse que a literatura pertencia somente ao leitor, tal como a língua pertence a quem a fala, que não se podia mais ficar atrelado a *copyrights*, coisa de outros tempos, que se Babette queria falar de plágio então todo mundo plagiava todo mundo!

O tom havia subido tanto que Babette teve que afastar o fone do ouvido, e que Horácio, que andava de um lado para o outro diante dela, saíra da sala. Glória se exaltava cada vez mais: — Quem plagia o quê, quem plagia quem? Estes brancos que roubam minha África, que saqueiam minha terra, que tomam minhas árvores, meu céu, ou eu, filha de escravos seqüestrados, aprisionados, espancados, violentados, humilhados, batizados, a quem se privou das próprias raízes? Não lhes bastou terem colonizado nossos países, agora querem fazer livros sobre eles!

— Eu pensei que você gostava de Aurora!
— Eu, o que eu amo, é a África. — E Babette sentiu lágrimas na voz de Glória.

Então falaram de outra coisa, de seus secretários, que elas consideravam seus inimigos e que se telefonavam durante a noite para contar os segredos de seus computadores.

— Eu o ponho porta afora e lhe meto um processo em cima — ameaçava Glória, voltando a servir-se de café. Embora se perguntando se já não havia bebido demais.

— Você o desmoraliza — interveio Babette, que ainda se sentia magoada com tudo aquilo — mas depois você vai ser obrigada a pegar um outro. Porém, você não vai querer uma moça... e os rapazes são todos assim! — Ela falava por experiência.

Horácio aparentemente era perfeito, mas a fazia passar por um inferno cada vez que iam a um colóquio. Ela o reassegurava com três meses de antecedência quanto ao tema de sua comunicação: ele havia escolhido bem o tema, era interessante. Lia seu rascunho, fazia correções, mas não muitas, senão ele ficava inseguro, se desesperava; mas ela corrigia assim mesmo para mostrar-lhe que se interessava por ele. Um pouco de lápis, NADA DE VERMELHO, só um lápis de leve, cada página em duas, não se esquecendo de deixar pausas nos grandes trechos sem nada, para sublinhar a excelência do discurso. Ele lhe dava, inclusive, a cópia para revisar, que ele mesmo não digitava, pois precisava criar uma distância em relação ao próprio texto. Ela fazia com que fosse digitado à custa do Departamento, mobilizando para isso todas as secretárias. Durante três dias elas punham suas longas unhas vermelhas a serviço do querido Horácio.

Ela se alongava sobre a viagem, pois ele estava muito ansioso, mascava chicletes contra cáries, porque tomava um enorme cuidado com seus magníficos dentes. Já que ela só se ocupava dele, havia previsto escrever sua própria comunicação no avião. Ao aterrissarem, ela ainda não tinha feito nada a não ser falar de Horácio com Horácio, da conferência de Horácio, da carreira de Horácio. Ele dizia que as coisas não iriam sair bem, tinha certeza! Aliás, seu sucesso se devia exclusivamente a ela. Se ela desistisse dele, ele deixaria de existir.

Ela levava apenas bagagem de mão, mas tinham que esperar a mala dele, que era enorme. Ele explicava que tinha horror de roupas amarrotadas; ela tomava aquilo como uma censura, não se sentia bem arrumada, felizmente seu *vison* camuflava o *chemisier* enrugado e a saia amassada. Ele se pendurava em seu braço, acariciava sua manga: ele adorava aquele pêlo.

No hotel, ele irrompia pelo quarto dela no momento em que ela tentava desesperadamente reunir duas idéias que se articulassem entre si e que ela ainda não tinha tido tempo de pôr no papel. Havia um erro de paginação em seu texto! Você TEM QUE fazer alguma coisa! Ela ia falar na mesma mesa-redonda, sala 208, em que havia conseguido inscrevê-lo e ela não tinha mais que uma hora para chegar a uma reflexão que justificasse duas horas de avião, o pagamento de suas inscrições e um hotel de duzentos dólares, preço para congressistas. Ele lhe dissera que não iria conseguir. Ela mantinha a compostura, mas mesmo assim ele se queixava: — Você não está me ouvindo! — Estou, claro que estou! — Viu como você me responde? — Ela pedia desculpa, era o cansaço da viagem. E não falava nada a respeito de sua comunicação, sequer alinhavada.

Ele fazia sua exposição, era brilhante, sedutor, e além do mais tão elegante. Atraía todos os olhares. No final da sessão, ele recebia duas propostas de trabalho e das melhores universidades. Quando chegava sua vez, ela se sentia totalmente vulnerável com seu *chemisier* amassado. Não havia podido manter o *vison* sobre os ombros, pois no elevador uma congressista lhe havia perguntado asperamente por que ela endossava o massacre de animais selvagens.

Quanto ao resto, ou seja, ao essencial, ela se desembaraçava usando velhos chavões que todos os que a haviam precedido já haviam utilizado. Eles sorriam sarcasticamente. Quanto a Horácio, ele ficava escandalizado, achava que ela estava indo mal, tão mal quanto ele havia sido excelente. Ela apelava para o humor e arrancava alguns risos esparsos. Horácio não ria e ela ficava com vergonha, com vergonha diante dele. Discretos aplausos, mas Horácio permanecia estático, íntegro até o fim, sem um grama de caridade.

Ela se sentia como uma medusa naufragada nos veludos e dourados do grande hotel. Não se sentia bem de ter vindo até ali. Tinha vontade de ir embora, de sair para jantar pelo menos, de ver outra coisa. Horácio sabia os endereços. Mas não podia ir com ela, ele tinha que acompanhar o Grande Shakespearianista que queria conhecer a cidade e que tinha ido dar parabéns a ele depois de sua exposição, convidando-o para ir a Londres. Horácio não iria voltar com ela e, à guisa de adeus, comentou que ela não deveria passear por aquela cidade com um *vison* nas costas...

— É verdade! É verdade... — Glória estourava de rir pousando a xícara vazia. Babilou faria tudo isso se não fosse tão insignificante. Ele havia feito o Grande Oráculo acreditar, dizia, mostrando uma foto afixada na parede, que ele era o Diretor artístico da universidade e que iria montar uma de suas peças. E o tinha carregado de um lado para o outro em seu Cadillac, falando de ninharias. O Grande Oráculo ficara nauseado. Súbito Babilou havia estacionado o carro em um lugar isolado e, tendo trancado as portas, havia metralhado o velho à queima-roupa com uma série de *flashes* que o haviam deixado praticamente cego. Depois ele se queixara de que lhe haviam queimado a retina. Durante muitos meses só aparecera em público com óculos escuros e uma bengala branca. Havia posto Middleway em sua lista negra, acusando a universidade de tê-lo interrompido em meio a um trabalho fundamental e, com isso, de tê-lo feito perder o Prêmio Nobel. — Só golpes baixos, Babilou, golpes baixos...

A homossexualidade não era para Aurora um assunto banal, grosseiro e exótico. Dela guardava uma ferida íntima, inconfessa, desde que uma noite, na Berlim Oriental, onde ela fora visitar o magnífico jardim zoológico, o diplomata francês que a acompanhava de volta a seu hotel lhe lembrara o marido do qual ela havia há muito se separado. Ao passarem em revista as carreiras de uns e outros, a conversa tinha caído por acaso sobre ele: Na Indonésia, ele VIROU VEADO, comentara o diplomata, e se metera com os do local, dando o golpe do belo *maître d'hotel* que se traz de volta para a França. E, virando-se para ela: Ele balançou a patroa!*

A patroa era ela. Estavam no inverno, era noite fechada e era bom que fosse de noite e que ainda estivessem por trás da cortina de ferro. Ela deixaria essas revelações na boca do diplomata que, de passagem, lhe havia proposto subir a seu quarto para tomarem um último drinque...

Ela não era como Glória ou Babette. Nem Babilou nem Horácio a faziam sorrir. Eles lhe gelavam o coração, como todos aqueles que não a amavam, que a rejeitavam ou a detestavam. Eles reabriam as feridas deixadas por seu marido quando lhe havia enviado, como prelúdio de sua partida definitiva, todas as cartas que ela lhe havia escrito. E que estavam rasgadas em pedacinhos. Quando ela abrira o grande envelope que as continha, elas se haviam espalhado como uma chuva de confetes.

Horácio voltara da Inglaterra mais rápido do que Babette esperava. Acreditando tê-lo perdido, ela havia posto em seu lugar ainda quente uma menina que ele detestava. Ela não queria mais se apegar: trabalho é trabalho, um lugar, mais nada!

---

* O termo usado, *Bobonne*, designa pejorativamente a esposa, ou a mulher de meia-idade com vida pequeno-burguesa. (N. T.)

Horácio não tinha gostado de Londres e Babette nada lhe perguntara a respeito de sua relação com o Grande Shakespearianista — algo que não tinha levado três meses para ir a pique. Sem dizer palavra, ele havia recomeçado no ponto mais baixo da carreira de assistente, para, no mesmo ano, voltar a encontrar-se no escritório de Babette, sombrio, belo e sempre irritadiço, mas tão indispensável à sua vida intelectual quanto o Aviador à sua vida amorosa.

Com ele, ela discutia realmente o que lhe interessava, bem cedo, de manhã, diante de suas xícaras de café, que tomavam juntos. O Departamento andava às mil maravilhas. Eles haviam feito juntos o balanço do ano de literatura e civilização européias: quatro estudantes ainda em estudos shakespearianos, 15 em *feminine studies*, 22 em vocabulário da cozinha provençal. Em relação a Shakespeare a coisa vai bem!, constatara Babette. Falavam de Horácio, é claro, mas também de seu querido Shakespeare, que citavam em um inglês impecável, acentuando teatralmente sua redondez tônica.

Em sua infelicidade, restava-lhe Horácio. Ele a havia ajudado, como se abrigasse uma doente, a vestir seu *vison* para vir a Middleway. No aeroporto tinha ido comprar um colírio para ela. Para descer a passarela, ele lhe havia estendido a mão, e depois, ontem à noite, tinha ido embora com Babilou. Embora admitindo que o Grande Shakespearianista, com seu pescoço empoado, seus cabelos pintados e a linha dos olhos vermelha queimada à luz de lampiões antigos, tivesse podido exercer alguma atração sobre Horácio — ela própria, Babette, se sensibilizara com ele —, achava insuportável que Horácio tivesse ficado de quatro por um pobre gigolô que intelectualmente não lhe chegava aos pés e que nem sequer era bonito. Mas o que foi que deu nele? Era como se ela tivesse sido abandonada uma segunda vez: primeiro pelo Aviador, depois por Horácio, por quem a seguir? Mas o que é que esses caras têm?

A pretexto de comemorar o fim do colóquio, Babilou as havia levado ao Blue Bar, uma espécie de galpão na estrada do Oeste: negros gigantescos e um ruivo enorme em volta de uma mesa de bilhar. Os colossos que haviam se reunido ali para apreciar uma última cerveja antes de retomarem o caminho eram réplicas humanas dos monstruosos caminhões parados no imenso estacionamento. Glória estalou os dedos, marcando o ritmo de uma música conhecida, e Babilou conduziu-a a uma extremidade da pista. Eles se contorciam, ele pequeno e flexível como um gafanhoto, ela pesada e gorda. Babette juntou-se a eles, separando-os, dançando ora com um, ora com outro, rebolando os quadris em uma dança nupcial para atrair o gafanhoto, que preferia saltar para outro lado. Lola Dhol permanecia plantada na pista como se buscasse reencontrar o equilíbrio. Horácio tomou a atriz no braços e apoiou a face em seu rosto.

— Vem — chamavam eles, dirigindo-se a Aurora, que se defendia em negações mudas, de não saber dançar.

— Não tem importância, faça como nós, a gente improvisa.

Aurora levantou-se a contragosto. Seu corpo rígido recusava-se a ir adiante. Ela se via em uma alternativa desagradável, de ser obrigada a dançar para não chamar a atenção, mas, não conseguindo se mexer, de fazer-se notar por isso. Com a cabeça ela marcava com dificuldade o ritmo de uma música tão alta que ela não a escutava mais. Um dos tipos do bar, julgando que ela expressava sua vontade de dançar, mas que não ousava, quis levá-la para a pista. Ela resistiu. Ele lhe apertou com tanta força a ponta dos dedos que eles ficaram roxos.

Ela não iria com as outras, que sacudiam a carne, para sentir, como elas, tremerem suas faces, seu ventre, seus seios, ela não iria. O sujeito meteu uma perna entre as dela para forçá-la a ceder. Ela balançou, quase caindo. Ter tão pouco em comum com outro ser humano! Por falta de um mínimo de comunicação, ter que lutar passo a passo! Ela se segurava com todas as suas forças no tampo da mesa de madeira enquanto ele, fazendo pouco caso de suas articulações lívidas, se empenhava em fazê-la perder o equilíbrio.

Aurora tinha visto uma menina ser violentada ainda mais facilmente em uma boate em Tóquio, na pista de dança, em meio aos pares que dançavam um *paso doble*. O sujeito com quem ela estava a jogara no chão, e em dois tempos e três movimentos o assunto estava encerrado. Esmagada contra o assoalho em sua grande saia de tule, a menina se debatia como uma mosca agonizante. Agora, com certeza, ele vai me dar um tapa, dizia para si mesma Aurora, agachando-se para escapar ao jogo de pernas de seu adversário, ele vai me mandar um desses enormes tapas que põem a gente de cabeça para baixo. E se pôs a gritar: Não, não, não!

As outras estavam voltando e o sujeito a deixou brutalmente. Elas estavam vermelhas e suadas, mortas de calor. Repararam na palidez de Aurora: — Bebe! — E passaram-lhe uma garrafa de cerveja. Aurora levou o gargalo aos lábios, sabendo que não conseguiria passar do primeiro gole, que a cerveja ácida lhe daria náusea e que a espuma iria escorrer-lhe pelo queixo. — Ou você prefere um uísque? — perguntou Lola.

Aurora virou a cabeça e esvaziou a cerveja. A seguir pediu outra. — Olha, Aurora está SE SOLTANDO! —, disse Babette com a suja satisfação de ver que aquela que acreditavam ser diferente era feita da mesma carne que ela. Aurora bebia e as mulheres aplaudiam. Diziam que lhes dava prazer vê-la divertir-se. Divertir-se? Ela estava morrendo. Eu estou me afogando, dizia para si mesma, e o álcool pelo menos abafa um pouco a música.

Estavam todas as quatro encerradas em seu boxe de madeira, sob o olhar dos clientes. O ruivo fez gestos obscenos com seu taco do bilhar: — Quer uma foto? —, ganiu Glória em uma gíria horrível, com um sotaque o mais arrastado e vulgar possível. Aurora se dizia que, na melhor das hipóteses, as coisas se passariam entre a "pobre babaca" e o "grande imbecil", e na pior entre a "negra suja" e o "macho branco". Violência irreparável.

— Mas olhem só o que eu estou vendo! — exclamou Glória, pondo entre parênteses sua briga com o jogador de sinuca.

— Estão vendo com o que nossa juventude se ocupa? — Elas se voltaram: Babilou estreitava em seus braços o belo e inacessível Horácio. Cegos para o mundo, indiferentes à sua presença, eles dançavam uma dança lenta, terna e langorosa, um prelúdio amoroso infinitamente apaixonado.

— Eu não acredito! — fez Babette, o queixo tremendo.

Glória triunfava: Horácio era do mesmo naipe que Babilou.

— Mas ele é muito superior a Babilou — gemia Babette.

— Está se vendo — disse Glória. E olharam para Horácio, que tomava nas mãos a pequena figura embonecada de Babilou, para dobrá-la com um prolongado beijo.

— Você sabe no que eu acredito? — disse Babette, endireitando-se. — Não se fazem as carreiras que nós fizemos, não se leva a vida que nós levamos, não se vivem os dramas que nós vivemos para depois chegar nos confins do Kansas e ficar olhando dois pequenos idiotas jogarem tudo pro alto. Esta pista de dança vira do avesso minha moral — acrescentou —, eu tenho a impressão de estar plantada diante de um enorme banco de areia em que todos os filhos que eu não quis ter estivessem se divertindo e eu tivesse que ficar tomando conta deles até o fim do mundo. Um inferno!

Elas se ergueram. Sem pensar no resultado das provocações de Glória. O grande ruivo não queria deixá-las passar. Barrava-lhes a porta, queria o que Lola Dhol traduzira pudicamente para Aurora como "um beijo". A reação de Glória foi tão violenta e tão rápida quanto se poderia prever: ela fez uma ameaça. Lola não conseguia controlar o riso, e Babette pôs-se a falar o mais rapidamente possível como se tivesse que se livrar de uma série enorme de palavrões que ela ainda não tinha tido ocasião de usar e que queria saber se ainda eram válidos. Glória já se atirava de punhos erguidos sobre o jogador de sinuca.

É isso aí sempre, os golpes, disse a si mesma Aurora, encolhendo o pescoço para dentro dos ombros. — Babilou! — gritava Glória para o fundo da sala. — Horácio! — berrava Babette, continuando a testar até que ponto naquele bar de Middleway suas injúrias ainda tinham seu frescor original.

Mas Babilou e Horácio não estavam ouvindo. Dançavam de olhos fechados esfregando-se no baixo-ventre. — Elvis-Pélvis — murmurava Aurora, com uma indecência de que não podia se desprender e que nesse instante invadia toda a sua mente —, Elvis-Pélvis.

— Babilou! Horácio! — gritava Lola, com a boca distendida. E eram quatro a chamá-los, a pedir-lhes para intervirem, enquanto Glória se debatia nos braços do caminhoneiro com a energia de um ódio que, naquele momento, englobava a América, os homens, os brancos e... aqueles veados lá adiante. O socorro veio da parte de trás do bar, de um rapaz e dois outros clientes a quem o espetáculo parara de divertir e que vieram por sua vez enlaçar o grandalhão para poder livrar Glória. Elas fugiram correndo, mas seus próprios salvadores, por honra da firma, as insultaram na soleira da porta. Putas machonas! E por honra da firma, o motor já ligado, elas fizeram gestos obscenos com os braços e os dedos.

— O safado do Babilou queria saber se nós chegamos bem — disse Glória de lado.

— E eu — resmungou Babette —, será que devo lhe perguntar se ele deu uma boa trepada?

— E plá! — disse Babette, sublinhando o ruído com que Glória recolocava o fone no gancho. — Alguém quer aproveitar o carro para ir ao aeroporto?

Aurora havia esquecido que a partida já estava tão próxima. Parecia-lhe que teria ainda toda a primavera, que apenas despontava diante dela. Perguntou-se se estava com vontade de ir embora. Onde quer que ela parasse, havia sempre a obsessão de tentar ali se fixar. Ela sentira o mesmo desejo em Nova Déli, em uma casa para intelectuais internacionais na qual se podia beber a qualquer hora do dia e da noite um chá preto que ela adoçava com geléia de rosas. Seu quarto dava para um jardim público em que bandos de papagaios verdes piavam. Ela se vira tomada de amores pela Índia porque no caminho para o aeroporto um enorme touro negro se deitara sobre o asfalto e um grande camelo, trazendo como uma coroa uma albarda sobre a testa, atravessara a via com seu passo tranqüilo e majestoso. Ela se sentara no gramado da Avenida Vitória para contemplar os macacos vestidos que, com uma pistola de plástico e uns trapos de brocado, representavam mecanicamente, tais como marionetes, *A bela adormecida no bosque*.

Lá estava ela, como agora, entre mulheres, com ocidentais, jornalistas e funcionárias da área de cultura, todas mais ou menos desesperadas, que se haviam exilado por decepções amorosas. Remoíam entre si uma solidão que queriam a todo custo romper, buscando convencer-se de que eram ainda suficientemente jovens para encontrar de novo um amor e recomeçar a vida. Estavam ansiosas, desprovidas e inábeis, prontas a gozar imediatamente de uma liberdade recuperada para a qual não encontravam uso. E perguntavam-se onde tinham ido parar os homens.

Havia para Aurora algo de fascinante em ver essas mulheres, que tinham feito carreiras exemplares, renegar tudo aquilo que haviam adquirido à força de empenho próprio para invejar a sorte daquelas que haviam antes menosprezado por terem interrompido seus estudos para se casar. E que se imaginavam agora soberanas em meio a uma grande família, ignorando seu desencanto, o sentimento de perda e de incompletude de suas existências. Ah! filhos, ter filhos, diziam elas. O filho era o abrigo último contra a solidão.

Uma noite, Aurora estava em companhia de uma conselheira comercial que dirigia seu carro tão alucinadamente quanto em Paris e haviam batido contra algo que lhes parecera um caminhão sem faróis. Aurora vira desenhar-se na noite o traseiro quadrado de um enorme elefante. E se dera conta de que ela teria desejado entrar no ventre da cidade, subir, como humana, para aquela gigantesca arca de Noé em que os homens, já em número excessivo, agarravam-se às janelas, às escadas, e subiam pelos telhados que disputavam com os macacos.

Em um gênero mais *cosy*,* em sua opulência cor-de-rosa, Middleway, esta pequena Oxford americana, teria podido representar para Aurora uma outra forma desta arca de Noé em que ela tanto desejava embarcar. Ela se surpreendera na véspera, ao visitar o zoológico, invejando os ocupantes das jaulas, que eram chamadas de espaços de vida. Elas eram grandes, espaçosas, protegidas por vidros espessos e não por grades, como na Europa. Se lhe dessem um lugarzinho nelas, ela teria se instalado muito à vontade entre chimpanzés e orangotangos. Era uma mania que ela mantinha desde criança, de não visitar lugar algum sem se colocar mentalmente nele, nem encontrar

---

* Íntimo e amigável. Em inglês no original. (N. T.)

pessoas sem esperar ser por elas adotada. Tia Mimi havia captado este seu mecanismo. E nele via um espírito calculista que a faria sempre se sair bem, pois as pessoas, que levam tudo ao pé da letra, tinham-na levado de quarto de criança em quarto de criança: "Você vai se sentir bem aqui para escrever!" Mas quem é que já conseguiu escrever em um quarto de criança? Que tipo de obra alguma vez saiu dali?

A casa de Aurora jamais fora reconstruída. Ela procurava sempre o lugar no qual, se tivesse tido energia, ela a teria erguido, para escrever, dizia-se ela de imediato, como se isso fosse uma garantia. Quando chegava a países desconhecidos, a novos litorais, e o avião descia, ela demarcava um istmo cujo ponto extremo gostaria de ocupar sem prejudicar a paisagem; uma ilha de algum arquipélago, a menorzinha, um rochedo desnudo aonde ninguém jamais iria; grandes fazendas em ruínas nos países bascos, com o teto crivado de espinheiros silvestres e a fachada cheia de rachas; a casa que os zeladores não mais ocupavam no fundo de um parque, uma verdadeira casinha de guarda com uma porta estreita à guisa de única janela e um cantinho de jardim.

No momento mesmo de partir para Middleway, ela havia proposto a uns amigos comprar um alpendre do jardim que eles não mais usavam, uma cabana colocada sobre a terra batida para guardar utensílios, mas em um parque muito bonito, com uma bela parreira, e que teria podido servir como seu escritório. Ela havia sentido seu temor de que a partir daquele embrião de casa ela pudesse querer ampliar seu espaço. E haviam medido à luz desta prova a amizade que tinham por Aurora, que não comportava mais que o prazer de recebê-la para jantar três vezes por ano. Vê-la na primavera, no verão, no outono e talvez no inverno, com uma lareira de lenha — porque a raça de tais escritores é resistente — lhes seria de todo insuportável: "Ora, Aurora, você merece um castelo!" Ela precisava era de uma jaula, de execução rápida, uma jaula de macacos ou de outro animal no zoológico de Middleway.

* * *

Em Paris, ela vivia em um buraco de ratos que o Médico cuja vida ela partilhava eventualmente chamava pomposamente de seu *ateliê*. Não passava de um pequeno estúdio, tudo que lhe restara do marido. Ficava situado perto do Sena, cuja umidade descolava a forração do assoalho, rachava a pintura, paralisava-lhe as costas, o cotovelo e o punho por sobre suas folhas que se dobravam como se ela as tivesse molhado com seu suor e suas lágrimas. Porém, ela insistia em viver ali, e o Médico lhe dava esse direito que combinava com sua liberdade, um pequeno reconhecimento à vida de artista.

Não tinha ali mais do que o absolutamente indispensável: lâmpadas nuas, paredes brancas, uma mesa, uma cadeira, um colchão e uma banheira colocadas em um pedaço de tapete. UMA CELA DE MONJA, comentara Glória, que a percorrera usando rapidamente todos os lugares-comuns de linguagem e imagens cambaias que ela saboreava com o deleite de uma estrangeira que aprende uma língua em grandes goles e deseja que a realidade nela caiba à força. Com um abajur, ela teria sem dúvida falado em BONBONNIÈRE, dizia para si mesma Aurora; e se houvesse um vaso de flores diante da janela ela teria certamente lembrado MIMI PINSON.

Glória havia conseguido intrometer-se em um lugar em que Aurora não recebia ninguém, recusando-se a ali marcar encontros, precipitando-se ao encontro dos que tocavam a campainha embaixo: "Estou descendo!", bloqueando na escada o irresistível avanço dos indesejáveis. Ela podia, quando não estava viajando, ficar longas horas deitada no colchão, com os olhos pregados nas manchas do teto, ou em sua banheira, esperando o vapor d'água, muito quente, dissipar-se, desfazendo-se em gotas miúdas que escorriam ao longo das paredes caiadas; ou na janela, de onde olhava a parede em frente, que ficava a apenas dois metros, esculpida por dezenas de dejetos de pombos, figuras espantosas que a acidez do excremento havia escavado na pedra, magmas de imundícies que a menor aspereza retinha e que neste vacilante pedestal se elevavam em moles chaminés.

Quando ela comprara aquele buraco com seu ex-marido, eles o haviam escolhido, no mesmo imóvel, entre um andar térreo sobre o pátio em frente à cozinha de um pequeno bar especializado em batatas fritas que um robusto rapaz fazia diretamente no chão, e este segundo andar de frente para a parede cega de um imóvel condenado, que o vendedor havia enfeitado com todos os indícios de uma breve restauração que faria o sol brincar sobre paredes brancas. Compraram aquele buraco negro em nome de um sol que nunca apareceu sobre uma parede cega que se tornou leprosa. Mas ela nunca se arrependera quanto ao térreo, porque o bar aumentara tanto sua produção de fritas que pela manhã o pátio passara a servir de depósito de batatas. E à noite a placa do esgoto regurgitava o óleo das frituras.

A cada ninhada, contrariando Leila, que por princípio defendia os pombos, Aurora não sabia mais o que inventar para expulsar esses novos ocupantes. Era uma conversa que ela tinha por hábito trazer à mesa do Médico, em busca de conselhos que a ajudassem. O assunto não deixava ninguém indiferente. Um fiscal lhe contou que ele havia preparado bombas d'água que ela lançava sobre um telhado no andar de baixo que servia de ninho para os pombos. Um sujeito da Escola de Administração explicou que, na Escola, ele capturava os pombos, enfiava-lhes no buraco de bala um petardo aceso e os levava para explodirem no meio de seu bando. Uma jornalista lembrou que seu primeiro marido, um jovem advogado, nunca voltava para casa sem antes passar por um jardim público onde estrangulava um ou dois pombos, que trazia para o jantar. Ela não gostava, mas apesar disso os depenava e cozinhava. Um toxicólogo advertiu que consumir pombos durante trinta dias seguidos envenenava o sangue mais seguramente que qualquer arsênico e podia enviar um esposo indesejável *ad patres* sem deixar traços. A jornalista ficou pensativa, como se lamentasse uma ocasião perdida.

A história do petardo havia marcado Aurora, por tudo que revelava, além de sua crueldade, de minúcia maníaca e controlada. Porque é preciso coragem para torturar assim um ser vivo, enfiar-lhe no rabo um petardo que se foi forçado a ir procurar em uma loja especializada. Em uma festa de estudantes de medicina, havia trazido um tubinho de papelão dourado e pequenas balas coloridas. Ao vê-la encher os bolsos, o Médico a havia chamado de criança! Mas ela conseguira uma arma incomparável. Ela tinha corrido até a janela e havia soprado com todas as forças. Os pombos haviam levantado a cabeça com aquele olhar surpreso e ligeiramente irritado que o Médico havia lançado durante a festa a um interno que o havia coberto de confetes!

Os pombos não teriam tido medo de um revólver ou de um fuzil de caça, sabiam que estavam protegidos pelo espaço estreito que os separava do estúdio de Aurora. Ou, melhor, há dois ou três anos já haviam decidido tomar conta da janela na qual ela apoiava o ombro direito quando escrevia. Ela havia chegado a ameaçá-los, mas, continuando seu incessante arrulhar, eles nem se moviam. Também nem respondiam ao gesto que ela fazia para expulsá-los e que já se tornara um tique: levantar a mão que segurava a caneta para bater contra a vidraça. Eles só se mexiam quando ela abria a janela, esperando para se fazerem de aterrorizados que ela realmente se pendurasse sobre o parapeito.

Eles conheciam hábitos seus de que ela nem se dava conta. Sabiam quando ela saía de viagem, deixando para eles durante dias a borda livre da janela, antes mesmo que ela o soubesse. Assumiam poses de vitória, posturas gloriosas, passando diante da vidraça mais estufados que de costume. E se demoravam a vir buscá-la, eles demonstravam sua impaciência e arranhavam raivosamente os veios d'água que escavavam a parede em frente. Ao toque da campainha que mostrava que alguém havia enfim chegado, e que provocava sua corrida até a porta para impedir quem quer que fosse de ir mais longe, eles decolavam; ela não estava no patamar em que eles se empoleiravam. Ela ficava dividida, hesitante entre o desejo de vir expulsá-los e a vontade de prevenir a indiscrição do visitante que já iniciava a difícil subida pelas escadas. Estou descendo, gritava ela, e saía. E eles se punham a copular.

Eles a espreitavam também quando ela tomava banho, o que fazia duas ou três vezes por dia quando se sentia mal, contribuindo assim fortemente para o descolamento do tapete. De manhã, ela abria os olhos sob seu olhar vermelho. Sabiam que ela nunca sairia do banho ou da cama para vir espantá-los: demasiado mole, demasiado apática, demasiado cansada, eles a desprezavam. Ela fechava os olhos para não vê-los, às vezes punha até os dedos nos ouvidos para não escutar seus arrulhos. Esperava por invernos rigorosos que os deixassem gelados, ou verões tórridos que os matassem de calor. Mas eles eram cada vez mais numerosos.

Você não devia brincar com isso, lhe dizia o Médico, você já teve uma ornitose. Ele suspeitava de que, dado o seu amor, já conhecido, pelos animais, ela protegesse os ninhos, ajudasse os ovos a serem chocados, alimentasse os pequenos órfãos, e custava a crer quando ela afirmava que os detestava e que eles sujavam o seu céu. Por que você não vem morar comigo?, propunha o Médico, que dispunha de um grande apartamento ensolarado. Você poderia fazer seu escritório no quarto das crianças.

Ela havia sido hospitalizada em seu serviço de doenças tropicais. Na primeira vez que ela o viu, como ela estava voltando do Brasil, ele pensou em uma psitacose. Ele entrou em seu quarto em meio a uma turma de estudantes, vestido com um longo avental branco apertado nos quadris que o encompridava e emagrecia, os óculos na ponta do nariz, sendo chamado pelos outros de senhor. Você foi recentemente mordida por um papagaio? Ou dormiu em um aposento em que houvesse uma gaiola de periquitos? Voltou a vê-la no dia seguinte com duas enfermeiras para dizer-lhe que ela dependia de um serviço de pneumologia, que a psitacose exótica não passava de uma ornitose devida aos pombos parisienses: Você mora na rue de Seine! Voltou mais tarde: Uma ornitose em um campo fragilizado pela vida nos trópicos — você viaja muito, não é? — exigia que a mantivesse ainda em observação.

A doença, estranha, embora fosse parisiense, foi longa e penosa. Ele nunca saía à noite sem vir lhe dizer até-logo, vinha vestido com ternos estilo príncipe-de-gales, e ela ouvia as chaves tilintando em seus bolsos. Ele não tinha tido tempo de ler seus livros, mas lhe trouxera o dele, *O doente, o quinino e a febre*, um conto médico que dava uma marca original à sua candidatura à Academia de Medicina. Um dia ele se sentou na beira da cama e, pela vivacidade com que ela recolheu os joelhos, sentiu que ela estava ficando curada. Tomou sua mão para medir-lhe o pulso e declarou: — Não sei se vou deixar você ir embora.

É isso aí, havia dito a si mesma Aurora. As histórias de amor nunca a haviam encantado, e ela se encontrava mais ou menos na idade e no estado de Mme de Lafayette, que lamentava seus amigos quando os via envolvidos nos perigos da paixão. Mas este amor tinha a vantagem de não ser realmente um amor. O Médico já havia oferecido seu sacrifício à paixão: um casamento, dois filhos e uma ligação com uma atriz conhecida. Aurora não era mais que uma substituta da atriz, uma aventura mais séria, menos brilhante, mas certamente gratificante.

Ele a apresentava a seus companheiros dizendo: Vocês não conhecem Aurora Amer? Eles não a conheciam. Ele se mostrava chocado: Você se deu conta de que ELES NÃO A CONHECEM! Comentário que tinha o dom de mergulhar Aurora na confusão desse anonimato, pois de que serve ter uma aparência de notoriedade e de ter tido o rosto nos jornais como os ladrões ou os assassinos para que essa celebridade de passagem os devolva a seguir ao nada? Você está tendo a prova, continuava o Médico, da falta de cultura de nosso pobre meio médico.

Era uma velha história. Pensavam regularizar sua ligação, embora uma época que não soubesse ler nem escrever não soubesse igualmente casar. Ele tinha sobretudo em mente a Academia de Medicina, que não era muito longe da casa dela. Embora se lembrasse da Academia cada vez que pensava em Aurora, ou, melhor, ele se lembrava de Aurora cada vez que pensava na Academia, o que acontecia com freqüência cada vez maior. Estavam longe de um *happy end*, mas a Aurora não desagradaria pôr fim à sua solidão. Valeria mais acabar como a respeitável esposa de um membro da Academia que se tornar mãe dos pombos, uma velha bruxa de gestos dementes, pois haveria certamente dezenas de pessoas prontas a testemunhar que ela era louca e que a haviam visto gritando, os braços na janela, e insultando uma parede cega. Os pombos aguardavam apenas o momento em que viriam buscá-la, já na maior confusão, para invadirem seu estúdio através de um vidro quebrado, fazer ninho em sua mesa e cagar em seus manuscritos.

Já eram oito e meia, e era preciso dar sinais de vida. Lola Dhol escutava no andar de baixo o rumor de uma agitação, ouvia o ruído das conversas. Elas deviam estar na cozinha comentando os acontecimentos da véspera ou fazendo uma avaliação do colóquio. Teria que enfrentar todas elas ao mesmo tempo, agüentar aquele bom humor terrível que é de praxe a partir do momento em que três mulheres se juntam: quando em duas, elas se fazem confidências e não se mostram alegres; em três, sua moral sobe; em quatro elas caem sobre a quarta para jogá-la em depressão. É como entre os animais, sobretudo os pássaros. Se colocamos dois pássaros inseparáveis em uma gaiola não acontece nada; se juntamos um outro casal, a confusão começa; em seis, eles se estripam.

Estes colóquios de mulheres, cheios de mulheres que só falam de mulheres, nos quais ela lia, como mulher, textos de mulheres, eram um pesadelo para ela. Nem um homem no horizonte. Não fica um homem de pé, não há um homem que não seja triturado, emasculado, executado. Ela se perguntava por que as mais jovens mordiam essa isca e se punham por sua vez a arrotar uma acre condenação aos homens. Elas denunciavam homens que se ausentavam de suas salas de reunião e de sua vida. Eram arqueólogas que pareciam detestar o objeto de suas pesquisas e que, se descobrissem um fragmento de cerâmica ou um pedaço de osso, o teriam jogado ao fogo. O que era mais curioso é que tinham como assistentes rapazes que organizavam seus colóquios, registravam suas declarações e tomavam precauções de babás com seus computadores, que colocavam bem horizontalmente na parte de trás do carro. Glória lhe havia emprestado seu Babilou para todo o tempo de sua estada. Ele a carregava de um lado para o outro em seu Cadillac cereja e a levava de mansinho para tomar um trago aqui ou ali. E fazia essas coisas tão bem, oferecendo-lhe a cadeira, busto inclinado, conversação em francês, que beber diante dele deixava de ser aquela coisa feia e clandestina que a obrigava a esconder a garrafa atrás de sua sacola marrom para dissimulá-la, ou a enfiar todas as garrafinhas do minibar no copo de lavar os dentes. Ele verificava a temperatura do coquetel, o número de cubos de gelo, o pequeno guardanapo sob o copo, e comandava outra antes que a vontade de pedir tomasse conta dela, o que não acontecia nunca demais, porque ela sempre estava com vontade de uma OUTRA. E a outra, Babilou lhe estendia como se fosse natural beber três uísques de enfiada, três *scotchs* duplos. Ele não tocava no seu e o oferecia a ela antes de saírem, quando para manter-se de pé ela já tinha que se pendurar em seu braço.

No dia de sua chegada, ele lhe havia perguntado se ela não reparara em nada. Ela vira um rapazola de vinte e cinco anos em traje escuro. — Ora, eu me penteei especialmente para você! — E aí ela reparou que efetivamente ele estava com seus cabelos louros, longos e finos, amarrados na nuca por uma fita de veludo negro, à semelhança de um cantor que se vestiu para um papel de criado e mantém na rua sua caracterização do palco. A semana toda ele tinha andado com a cabeça ereta sobre o pescoço como se estivesse com uma espada sobre ela, de tão preocupado em não perturbar a arrumação do penteado. E ficava engraçado ver aquela cabeça de condenado circulando em meio aos penteados hirsutos das congressistas que tinham, de sua parte, desistido de seduzir por meio de artifícios.

Ele lhe havia falado tão mal quanto possível de Glória, numa concentração torrencial de ressentimento recalcado: ela o aterrorizava, o ameaçava, reduzia-o a um escravo. Ele sustentava toda a organização material de um colóquio em que seu nome não era sequer mencionado e que nunca lhe dera um centavo. Propôs-lhe abertamente contratá-lo. Ele não devia saber do estado de miséria em que ela havia caído para chegar a vir para Middleway. Ela calculou o que Babilou poderia custar em carro, hotel, despesas, boates à noite, férias na montanha e cabeleireiro. Babilou de Middleway era simplesmente inabordável. Quando a conta chegou, ele lhe pediu seu cartão de crédito e, com um gesto de grão-senhor, o colocou na caixinha de música que dissimulava a conta.

Primeiro lavar-se, livrar-se daquele suor ácido e nauseabundo que ela exalava antes de abrir os olhos e que a informava do lamentável estado em que se encontrava. Sentar-se na beira da cama, esperar que a vertigem que fazia o quarto oscilar diminuísse, correr para o banheiro e vomitar. Limpar, dissipar o cheiro de medo, de vergonha e de má saúde que se espalha, ainda mais forte, verdadeiro sinal de sua desgraça e destino, ao que lhe parecia, a expandir-se por toda a casa, atravessar a rua, invadir o bairro, cobrir a América.

Procurou-se no espelho e não se encontrou. Isso acontecia com os espelhos, ela neles aparecia ou desaparecia sem saber a que atribuir tal fenômeno, que ela gostaria de manter em segredo, compreendendo, no mais fundo de si mesma, que aquilo não era um bom augúrio. Havia já cinco anos que em um aeroporto ela se levantara para retocar sua maquilagem no grande espelho mural e que se havia visto diante de um vazio, tudo aquilo que deveria estar ali refletido havia sido engolido e ela própria havia desaparecido do ambiente.

Maquilar-se, apesar de tudo. Espalhou com a palma da mão a base por todo o rosto, depois com um lápis desenhou as sobrancelhas e os olhos. Quando passou o batom nos lábios, não conseguiu achar a boca e pôs o batom ao acaso, esperando que, quando ela reaparecesse, ele estaria entre os traços sinuosos de seus lábios, que ela havia desenhado de memória, e não em outro lugar, sobre a testa ou as orelhas. Eu estou como um riacho seco, dizia ela a si mesma, um riacho cujo curso d'água não se adivinha, mas que à primeira chuva se enfeitará de louros cor-de-rosa e de *cistes** brancas. Onde estão meus louros rosa?, se perguntava ela, e remexendo seu estojo de batom pôs-se a trautear uma canção que cantava antigamente: *Quando a chuva cair.*

Aurora aguardava diante da porta, ouvia os detalhes dessa toalete, a ducha forte, um silêncio bem longo e as palavras que uma mulher diz diante de seu espelho quando procura um utensílio de maquilagem que perdeu, uma exclamação ou uma injúria que ela repetia: *Shit, shit,* e depois aquela canção que ela conhecia — nós todas a cantamos, dizia ela a si mesma — e que a fazia lembrar dos primeiros tempos de seu casamento. A porta se abriu. Surpresa, Lola Dhol ficou na soleira.

— Desculpe — disse Aurora — desculpe — repetiu com a mão na boca, vendo o rosto de Lola desenhado ao contrário, traços negros sobre uma face, dois traços vermelhos um sobre o outro, como se ela tivesse efetuado sobre o rosto uma soma monstruosa.

— Com licença, por favor — disse empurrando Lola para o banheiro, fazendo-a recuar até lá e, ao entrarem, segurando-a contra a parede — você não pode descer desse jeito. — Ela não sabia se Lola a olhava do fundo dos olhos negros maltraçados que lhe pendiam sobre a face ou com seus verdadeiros olhos azuis, cujo fitar estava ausente. Aurora pensou naqueles animais a quem a natureza deu olhos falsos por sobre os verdadeiros para enganarem o inimigo, que os atinge em lugar dos outros. Dissimulando o medo que lhes fecha os olhos, eles dão ao agressor a impressão de que continuam a encará-lo ou a provocá-lo.

— Não me olhe assim — implorou Lola, e escorregou por

---

* O termo designa as corbelhas brancas que eram usadas como adorno nos mistérios de Ceres. Sem correspondente em português. (N.T.)

entre seus braços, ao longo da parede, até o chão, e Aurora deixou-a deslizar contra ela, sobre ela. Quem quer que entrasse naquele momento teria visto sobre corpos emborcados apenas o verdadeiro e único rosto de Lola Dhol, o de Aurora, branco, fino, com suas grandes pupilas azuis sob o arco de suas finas sobrancelhas louras. — Estou com medo — disse Lola com voz abafada. — Eu sei — disse Aurora, e acariciava-lhe as costas — eu sei. — É porque ninguém gosta de mim — disse Lola. — Isso não é verdade — respondeu-lhe Aurora — nós adoramos você, eu, Glória, Babette, todas as moças do colóquio adoram você. — Mas os homens não gostam mais de mim — disse Lola. E abaixando o tom: — Eu sou uma terra que não é mais lavrada. — E como se Aurora desse a impressão, com seu silêncio, de que não havia compreendido, ela disse mais alto: — Ninguém mais me come! Eles não fazem mais amor comigo!

— Você vai lavar seu rosto — respondeu Aurora, levantando-a e apoiando-a contra a pia. Lola pegou uma toalha e esfregou-se como se esfrega um cavalo com uma estopa, duramente, grosseiramente, borrando sua pintura em um gesto de desespero tão total que Aurora se lembrou daquelas mulheres da Somália que lavavam o rosto com areia e cinza como se polissem uma tampa de panela para fazer o metal brilhar.

— Minha cabeça está rodando — disse Lola —, eu não consigo me ver no espelho.

— Eu ajudo você — disse Aurora. Usando um algodão embebido em leite desmaquilante no rosto de Lola, sua mão tremia. Ela a tocava pela primeira vez, e passava o algodão o mais delicadamente possível sobre aquela vermelhidão, aqueles empolados, aquelas veias salientes que tingiam de um tom violeta uma pele demasiado fina. Ela pensava nas enfermeiras que só tocam os que sofreram grandes queimaduras depois que eles são anestesiados, e nascia nela uma necessidade de reparação universal. Fechar os olhos, passar uma esponja no sangue, costurar feridas, repassar mortalhas, enrolar ataduras, tecer sua teia em torno de tanta infelicidade, aplicar emplastros, cortar a gaze, em seguida envolver os cadáveres, juntar pedaço a pedaço o tronco, as pernas, os braços, a cabeça, amarrar tudo em pequenos pacotes bem arrumadinhos, prontos para serem engolidos ou consumidos, escolher um fio bem branco, só usar um ponto de sutura.

— Estou com o rosto estragado — disse Lola Dhol, olhando-a de frente. — Mas não como você. Você já fez plástica? Não! Eu sempre achei que eram os escritores que tinham que reconstruir o rosto, não os atores. De nossa parte, nós ficamos apenas MARCADOS, mas continuamos bonitos. Normalmente, pelo que escreve, você deveria estar pior que eu, você deveria estar EXAURIDA.

A palavra atingiu Aurora como a palavra exata que ela teria mantido na ponta da língua e buscado toda a sua vida e que Lola lhe entregava em sua terrível e perfeita verdade. E ela não sabia se devia regozijar-se de tê-la descoberto ou, pelo contrário, afligir-se para enfim ter consciência dela.

Demolida, cansada, estragada, ferida, enfeada, deteriorada, Aurora havia hesitado bastante entre essas palavras para qualificar o estado em que o trabalho de escritora a havia mergulhado. Ela provocava uma reação de rejeição imediata por parte dos escritores instalados em uma alegria de escrever que girava em torno de palavras como gozo, potência, felicidade, prazer; e uma atitude de compaixão nos que explicavam que a profunda desgraça da escrita não era mais que um corolário da infelicidade da vida. Ela trazia uma solução a uma dor constitucional e tinha pelo menos o mérito de afugentá-la, deslocando-a.

Aurora era hipersensível à dor. Ao menor ferimento, um esparadrapo arrancado, álcool sobre uma queimadura, uma picada, ela começava a chorar. Rapidamente ela havia tomado suas precauções, roubando os envelopinhos de remédios que não lhe davam, tomada de pânico desde que um médico, aproximando-se com uma sonda, um endoscópio, lhe anunciava que haveria um momento DIFÍCIL de passar.

Ela não ia mais a consultas, arranjava-se com uma caixa de sapatos cheia de analgésicos, mas via-se mentalmente desarmada contra a dor que se instalara sob a forma de uma enxaqueca que nada conseguia alijar e, sobretudo, por não ter os últimos e milagrosos medicamentos. Ela continuava prisioneira dessa dor violenta e profunda que penetra nas têmporas, agarra-se como gavinha ao olho, martela o crânio até a exaustão. Deitada no escuro, com uma luva de banho que pingava e molhava a orelha, ela se via presa de uma dor que apagava o mundo e exigia total presença de seu corpo e sobretudo de sua cabeça. Quando não agüentava mais, ela tomava tudo que encontrava na caixa de sapatos, tudo que era proibido, tudo que era perigoso.

A enxaqueca, à semelhança da escritura, lhe acarretava rejeição por parte dos que nunca haviam sentido nada em toda a sua vida e compreensão dos que sabiam o que significava, mas julgavam que era psicossomático e que as crises que ela tinha que suportar de tempos em tempos não eram, em suma, mais que a resolução de uma crise moral mais dolorosa.

— Mas você não vai me examinar? — tinha ela perguntado ao neurologista que a escutava sentado atrás de sua escrivaninha. — Você não quer ver o que é que há com a minha cabeça?

— Você é uma típica portadora de enxaqueca — respondera ele. — Não há o que ver. Remédios, calmantes, analgésicos, você já conhece tudo isso. Você sabe tão bem quanto eu que isso não adianta realmente nada. Não beba álcool, não fume, deite-se cedo. Evite as emoções.

Ela era uma escritora e tinha que evitar as emoções. Ela só conseguia escrever depois de ter tomado calmantes, e voltava a tomá-los para sair de seu livro, para não pensar mais nele, para evitar a garra da escritura, esse envolvimento infinito do livro que nunca se acaba de escrever-se na mente, do livro que cega, que abafa todo o resto. Sua vida tão episódica, por mais fugidia que fosse, era no entanto portadora de emoções violentas. Como a dor, como a enxaqueca, elas eram o eco de uma emoção inicial já tão forte, que o simples fato de escrever — isto é, de pô-la para fora, em um corpo-a-corpo de que o leitor não fazia nem idéia — não conseguia fazer diminuir.

Aurora nunca havia sido muito famosa nem suficientemente ignorada para conhecer as violências últimas que matam os escritores nas cores cinzentas do insucesso ou, o que é bem mais raro, na corrida em busca de uma glória perdida.

Uma única vez, talvez por ter ficado próxima de um prêmio literário, ela havia sentido esse grande sacudir de emoções, como o vento que se levanta sobre um navegante amador que não sabe onde colocar sua vela. A de Aurora havia atolado no consultório de um veterinário, no Boulevard Raspail, tentando tratar de um cãozinho, um duplo talvez de Bobinette, que Leila lhe dera para tentar consolá-la de sua decepção.

Três dias tentando salvá-lo, refazendo os curativos do cãozinho que lhe haviam pedido para cuidar e que gania. Três dias, ou seja, seis vezes, colocando sua boca sobre a pequena carinha negra, para engolir seus gritos, para lhe jurar coisas de amor, promessas de vida... até que o veredicto caiu. O cão não teria cura. Ela desmaiara. Haviam-lhe dado um torrão de açúcar com uma gota de menta, que é do que mais se necessita em um consultório veterinário. Enquanto ela, lívida, sugava o açúcar, o veterinário a aconselhava a ser mais razoável: — Você nem se apegou ainda a ele!

Como não se apegar com aquele boca-a-boca, com a língua que a lambia, reconhecida, em meio a todo o medo, como não ficar apegada vendo todo aquele sofrimento, que ela havia assumido e que lhe enchia o peito e ela rejeitava em torrentes de lágrimas. Mas a dúvida se apoderou dela e ela se perguntou se não era à custa de uma dor oculta que ela havia aceitado levar aquele corpo redondo, macio e inocente ao altar do sacrifício aos deuses bárbaros, que ela continuasse sofrendo, que ela sofresse mais do que poderiam dizer as palavras, até que ficasse ganindo com o cão. E agora que o cão estava morto, ela sentia em si uma violência trágica que exigia a morte, e que a fez voltar para casa e afundar-se em uma dor física a que naquele momento ela já podia dar nome e que acalmava com pílulas.

Ela empenhava o maior esforço em manter um rosto sorridente, que era o melhor escudo contra as emoções dos outros que vinham se bater contra ele. Ela havia com isso adquirido uma reputação de despreocupada, que não procurava desmentir. E tomava então muitos, mas muitos calmantes mesmo. Pois a vida é uma sucessão de emoções e, querendo afastar todas, ela havia diminuído seu limite de sensibilidade. Um simples telefonema, o som de uma voz, e nesta voz um tom imperceptível que desmentia de certo modo o que ela ouvia, a perturbavam. Ela havia retirado seu nome da porta de entrada, e para o correio ela era desconhecida no endereço indicado. Apenas um reduzido número de pessoas sabia que devia tocar pelo nome de um marido que ela agora só por acaso encontrava.

As grandes viagens a tranqüilizavam. Ela partia para países desconhecidos, que atravessava surda e muda, e dos quais recebia, como que através de um vidro, grandes lances de beleza selvagem, ou de pura desgraça, que desfilavam como imagens de um filme. Era-lhe mais fácil circular pelo mercado de Manaus, considerado perigoso, que sair pela rue de Seine, bairro que era, no entanto, tranqüilo e seguro. Ou era-lhe mais fácil estar em Middleway, Kansas, que em Paris. Nesse instante mesmo ela se perguntava se não ficaria lá, atendendo a um desejo de Glória, se não aceitaria a proposta do Administrador do zoológico de participar do programa "Uma linguagem para os chimpanzés". Sim, talvez se sentisse melhor com os chimpanzés mudos do zoológico do que com todas aquelas pessoas cuja entonação de voz bem conhecia.

E diante de Lola Dhol, que acabava de se vestir, ela compreendia que os alcoólatras, que eram, mais que os toxicômanos, os grandes rejeitados da época, eram pessoas como ela, mas que haviam encontrado um remédio mais imediato, mais simples, à venda em todas as grandes áreas, para uma dor semelhante àquela que ela estrangulava à custa de analgésicos que a deixavam vazia e abobalhada.

— Glória lhe disse que eu me curo gritando? — falou Lola.
— É preciso gritar a partir do momento em que se começa a sentir uma tensão, para desfazê-la antes que ela se instale. — Ela voltou-se para Aurora para mostrar-lhe. Começou a encher

o peito de ar, depois abriu a boca e soltou um grito bem em cima do rosto de Aurora. Aurora lembrou-se daquelas materializações de íncubos que não são mais que gritos modelados em bocas abertas na cara.

mento de Letras Européias, influente membro do Conselho de Estudos Shakespearianos, presidente do Comitê de Conferencistas da imprensa da Universidade, *a* referência intelectual do lugar. Babette sabia muito bem o embaraço em que colocava, apenas por sua autoridade, aquelas jovens para as quais ela imaginava ser a encarnação de um ideal. E tentou deixá-la à vontade. A pobrezinha queria ser aeromoça, um sonho da menina a quem o tamanho impedira de ser bailarina ou modelo, as primeiras renúncias de quando se é mais ou menos bonita.

— Ah! Ah! — exclamou Babette, feliz ao ver que Quem-quer-que-seja estava em um campo de conhecimentos que não a punha em posição de inferioridade —, meu marido é piloto.

— Quem-quer-que-seja perturbou-se ainda mais, ficou vermelha por cima de sua roupa verde. Ela conhecia o Aviador. — Maravilhoso! — exclamou Babette. — Você tem que vir jantar conosco. — E deixou todo aquele vermelho por sobre todo aquele verde com a impressão de ter feito uma tempestade em um copo d'água. Ela havia jurado não ficar mais de quatro para pessoas a quem sua presença impressionava a tal ponto. Que perda de tempo!

Sua mãe lhe havia telefonado de Bordeaux para lhe desejar um feliz aniversário: — Não se esfalfe demais, minha querida... — Uma pausa, a volta do eco e sua voz sibilando... — Agora que você está fazendo quarenta e sete anos, é uma idade com a qual já se sente o cansaço... — De novo um ruído de fritura e a voz da mãe sumira.

Babette desligara e ficara esperando que ela voltasse a chamar. Estava de biquíni, o toque da campainha a fizera vir do jardim, onde estava arrancando as ervas daninhas. Ela não se sentia cansada, pelo contrário, a primavera, linda e muito quente, deixava-a alegre, o jardim ficaria maravilhoso. Todas as roseiras, que haviam hesitado durante alguns anos, desabrochavam em cachos espessos e fechados, a glicínia despencava em cascata sobre a fachada, exalando perfume, e a gata estava à

— Mas como é que você soube disso? — perguntou Glória.
— Eu não soube, eu o pressenti. Ou, melhor, foi minha vidente que me mostrou o caminho — respondeu Babette. — Ela me disse para desconfiar de uma mulher vestida de verde.

Ela havia logo pensado em Sweetie, como, aliás, pensava cada vez que lhe falavam de alguma mulher capaz de lhe fazer mal, embora a vidente tivesse associado Sweetie à dama de paus. Ela voltava seguidamente no jogo de Babette, como se todo o mal concentrado na dama de negro anistiasse o resto de toda a comunidade feminina. Ser a inimiga declarada de apenas uma a colocava nessa posição singular, de se julgar amiga de todas.

Mas dessa vez a vidente não acusou Sweetie. Ela havia tirado a cor verde sobre a dama de espadas e além disso Babette sabia que Sweetie jamais usaria verde. Tendo remexido todas as lembranças e feito desfilar o guarda-roupa de todas as mulheres que ela freqüentava, Babette acabou por esquecer-se daquilo, até o dia em que, numa recepção, sua atenção foi despertada por uma roupa de seda verde-maçã, que estava sendo usada por uma dessas lourinhas suficientemente miúdas para ser uma recepcionista ou uma licenciada em antropologia. Não importava quem fosse, o importante é que estava de verde. E Babette abordou-a.

A Quem-quer-que-seja pareceu um tanto intimidada ao ver-se diante da grande Babette Cohen, diretora do Departa-

espreita de um enorme pintarroxo. Pelo aniversário, de que ela havia se esquecido, e que sua mãe lhe relembrara daquela maneira triste, o jardim lhe dava uma festa de abundância. São necessários vinte anos, disse ela a si mesma, para que uma casa crie raízes, para que um jardim se torne viçoso, para que as árvores se elevem mais alto que o telhado; são necessários vinte anos para fazer, de um lugar desconhecido, o seu lugar, sua terra, sua pátria; são necessários vinte anos para pertencer a algum canto e não querer mais sair dali.

Mas depois do que sua mãe lhe havia dito, ela se sentia um pouco cansada. Sentou-se no braço de uma poltrona, esperando que a campainha tocasse de novo e que sua mãe lhe dissesse o que ela estava fazendo demais: excesso de estudos, excesso de trabalho, excesso de diplomas, excesso de recepções, excesso de viagens, excesso de publicações. Para a família Cohen tudo era sempre excessivo! Chega, disse a si mesma Babette de mau humor, chega dessa sua vida tão cheia de limites, dessa sua submissão cega, desse seu medo de tomar iniciativas, desse seu medo de ter sucesso. Ela não estava nem na metade da vida, via-se centenária, e o melhor que podia fazer era viver como o jardineiro que semeara no deserto e que não tinha mais que ir de uma árvore a outra recolhendo seus frutos!

O Aviador entrou repentinamente: vinha buscar documentos que havia esquecido, e seguiu direto para o escritório, sem vê-la. Ela se deu conta de que estava pálida pelo raio de sol que lhe dourou as costas e a parte de baixo de suas coxas naquele biquíni que, em vez de alongar-lhe as pernas com fendas laterais altas, como agora se usava, cortava-as horizontalmente à altura de suas generosas ancas. Mas ela estava assim, pensando nas roupas que havia trazido e no maiô que se havia encardido, só porque, anos antes, no Havaí, ela se havia exibido com ele diante do Aviador, subjugado por suas formas de deusa.

Ela havia passado creme no corpo e, não querendo sair da poltrona em que estava sentada, mantinha-se de pernas abertas. Teria podido endireitar-se, encolher a barriga, cruzar as pernas, mas o que ela teria naturalmente feito se estivesse sozinha ou vestida, ela não ousava fazer assim despida, por medo de parecer ridícula ou provocadora aos olhos do Aviador. Ele voltaria a passar pela sala e ela se incomodava de que ele a visse assim, bem menos bonita que vestida e certamente muito mais feia do que nua; infeliz, realmente, com suas coxas abertas, seu ventre dobrando por cima do *short* e seu peito saltando de seu sutiã sem armação, desfeita e contraída ao mesmo tempo.

Surpreso, ele a viu assim, tão acabrunhada perto do telefone, com um olhar tão cheio de uma humilhação que ele não conhecia, tão cheio de tristeza e de renúncia, tão abatida, que ele compreendeu que ela sabia e que já era o momento de anunciar-lhe ele mesmo, sob pena de se mostrar um covarde. — Babette — disse ele —, tenha coragem, o que eu tenho para lhe dizer... — Ele acabara de fazer um *check-up*, ela pensou no pior: ele estava com câncer, ela iria perdê-lo. — Meu amor, meu amor —, exclamou ela — eu te amo tanto — e atirou-se, toda melosa, nos braços que a rejeitavam.

O anúncio de sua partida com Quem-quer-que-seja, de cujo rosto ela nem se lembrava mais, foi um alívio. O destino, não podendo realizar totalmente seu desejo, lhe havia concedido uma parte dele: o Aviador continuaria vivo e feliz, como ela havia pedido. Perto de mim, deveria ela ter acrescentado, vivo e feliz JUNTO DE MIM. Mas isso o destino não escutara. Ela chorou muito. Suplicou. — Por que você quer se casar com ela? — Porque ela é tão menina, e você, tão forte — respondeu o Aviador.

Tal como a vidente lhe havia avisado, a cor verde cobria exatamente a dama de ouros, que estava por sua vez recoberta pela dama de espadas. Sweetie protegia os amores do Aviador e de Quem-quer-que-seja. Ela tinha chegado ao fim da linha do casamento impossível que a havia crucificado, e seu sofrimento ardente se apaziguava enfim perto de uma lourinha muito nova que se assemelhava a ela como se assemelham duas gotas d'água, à jovenzinha que ela própria fora e que não era sequer muito mais velha que a neta que ela teria tido se o Aviador não se tivesse mutilado definitivamente.

* * *

Glória via no Aviador um cafajeste que havia sempre traído a mulher — ela que era cega, não querendo ver isso. Babette lhe retorquia que a culpa era apenas de sua sogra, de seu trabalho de sapa cotidiano, de sua lamentação eterna. Elas estavam a ponto de brigar, mas acabaram chegando a um acordo: a culpada era a garota e toda aquela calamitosa categoria de jovens arrogantes que entram, em conjunto, em competição com mulheres como elas e não duvidam um segundo sequer de que serão vitoriosas. Elas estão ainda batalhando com o último capítulo de sua tese, mas já pretendem todos os cargos e são vistas nos congressos na expectativa do escândalo que fará com que sejam notadas. São assassinas, nada mais é sagrado para elas, só têm em mente uma idéia: a própria carreira.

— Mas essas mesmas, quando se apaixonam — continuou Babette —, não se consegue mais reconhecê-las, uivam para a lua, ganem, ronronam. Renegam todos os seus compromissos e queimam nossas teorias na fogueira das bruxas.

Ela havia visto jovens, das mais radicais, se agarrarem, literalmente, a tipos que não mereciam sequer tantas manifestações amorosas e que nada exigiam daquelas que queriam lhes dar tudo. E se, por acaso, elas conheciam o que ora não mais se chamava de as alegrias da maternidade, elas vinham, com as mãos nas cadeiras, exibir um ventre distendido, envolto em echarpes vermelhas ou enfiado em horrorosas calças com suspensórios, para nos explicar que elas, sim, conhecem o verdadeiro segredo da felicidade, e que nós, com todo o nosso feminismo, éramos falsas até ao nos defendermos!

— É verdade — constatou Glória com um azedume que não lhe era habitual. — E uma injustiça. Elas não têm nada, nada além de uma juventude e uma feminilidade que nós vivemos em um momento duro, com uma montanha de proibições e dificuldades que hoje nem se consegue imaginar e que estamos quase proibidas de lembrar sob pena de passar por saudosistas.

— É uma indignidade — apoiou Babette. — E os caras, que entram no jogo delas!

— Nós nunca os aceitamos no nosso — replicou Glória —,

fizemos tudo sem eles e muito melhor. Mas, voltando ao caso das garotas, quando as localizo, eu as faço passarem um mau pedaço. Eu tenho um braço longo. A América é grande, mas não é suficientemente grande para essas idiotas!

— Pára! — disse Babette. — Você argumenta como as velhas birrentas de nossa época, que nos causaram muitos problemas, que evitávamos nas provas e que nos detestavam, porque éramos jovens e bonitas!

— E daí? — replicou Glória. — Eu sou uma velha birrenta.
— E bateu na caixa para acordar o bichinho: — Eh! Mexa-se um pouco aí dentro!

Babette levantou-se para pôr a xícara na pia. Ela não queria ser, como Glória, uma velhota birrenta. Ela era uma professora empenhada, que transmitia confiança e que, para ser ouvida, havia assumido um tom aplicado e sério com estudantes que temiam o humor como expressão insidiosa do poder intelectual. Seu francês se tornara mais lento, quase uma língua estrangeira da qual ela destacava cada palavra para melhor articulá-la, soletrando letra a letra para ter certeza de estar sendo compreendida. Ela havia perdido o brilho das respostas rápidas e exatas que anteriormente dava com uma maestria de esgrimista. Em francês sua mente se bloqueava.

Mas admirava a coragem e a energia das jovens que se lançavam, em todas as direções e sem esmorecer, na batalha que a vida de uma mulher de hoje exige. Ela tinha a impressão de ter conseguido proteger-se mais do que elas com seu desejo de abraçar o mundo com as pernas, de reduzir tudo e dominar tudo. As jovens, no seu caso, a maravilhavam. Torre invencível, asas de pomba, ventres de andorinha, para cada uma ela inventava o cântico dos cânticos.

A luz que atingia a janela a fez piscar os olhos. Ela empurrou um pouco para trás os óculos e ficou um momento a contemplar o espetáculo das mulheres e crianças em volta da piscina.

— O que é aquilo? — perguntou.
— O quê? — fez Glória.
— Todos esses negros.

— É a Páscoa — disse Glória, um pouco agastada.

— Desculpe, você sabe que eu não conheço nada de religião.

— Tá bom, são batistas, se você quer ser mais precisa, e estão aí para serem batizados.

— Mas são muitos — murmurou Babette, subitamente pensativa. O que era surpreendente em Glória, sendo negra — porque não o era de todo, mas era — e com toda aquela paixão que punha na implantação da literatura africana no âmago da América, era essa recusa obstinada de não querer ver que ela vivia em um barraco de madeira em pleno centro do bairro negro de Middleway e ainda por cima na parte aburguesada, mais para o lado da zona em que os jardins, esquecendo que foram um dia plantados com grama verde, se haviam tornado depósitos de pneus velhos e velhos carros estragados que serviam de poleiros.

— Muitos o quê? — perguntou Glória, subitamente agressiva.

— Muitos batistas — respondeu Babette. Ela se compreendia.

Babette voltou-se. Tudo naquele aposento lhe desagradava. Dava para se perceber os consertos malfeitos, os pregos enferrujados, os tacos descolados. A pequena frisa dava à cozinha um ar de chalé falso. Glória entupia suas prateleiras de copos comprados em promoção e pratos desaparelhados, e enfiava os restos na geladeira. Com uma crosta de seis meses de gelo!

Glória colava *post-it** por toda parte e marcava sua urgência sublinhando-os de vermelho. Estavam todos em vermelho. Além disso, nas paredes havia fotos de escritores em preto e branco, que o vapor havia amarelecido porque ela usava ainda uma velha autoclave a gás, engenho mortífero quando, levada por seu entusiasmo, ela dançava como um pião sobre o queimador.

Babette reconhecia a pobreza duplicada pela falta de gosto das pessoas que não foram educadas entre coisas finas. Sua adolescência sem música, sem artes, sem quadros havia tido como único horizonte a tela de uma televisão encimada por um pequeno jarro de cristal de Arques com orifícios falsos. Longe de comovê-la, essa bagunça e sujeira de Glória a revoltavam a ponto de torná-la cruel: era como seus cabelos grisalhos, que ela deixava despencados nas têmporas, ela podia perfeitamente pintá-los, santo Deus! Ela era a mais jovem dali, mas, ao

---

* Lembretes de postagem. Em inglês no original. (N.T.)

vê-la assim, dir-se-ia que era a mãe de todas elas! Babette tinha saído dessa, as outras tinham apenas que fazer o mesmo! Ela se envolvia em toda a largura de seu casaco de pele, cujo pêlo alisava com a mão com anéis, verificando que ela tinha que mandar polir seu diamante, que estava fosco.

Na cabeceira da mesa Glória juntava febrilmente seus papéis, desfazendo e refazendo sua pilha, colando os *post-it*. Ela acabara de ter a prova do racismo de Babette, naquele modo de repetir a palavra NEGRO, de dizer: "É um bairro negro", ou "É uma loja para negros", que estava longe de ser uma observação, era muito mais uma provocação ou mesmo uma rejeição.

Aliás, aquela atitude ela havia adquirido da convivência com o Aviador, que tinha ido ao Vietnã. Babette era a favor da guerra, a favor dos soldados, a favor dos bombardeios. E enquanto todos que tinham alguma importância no país se manifestavam contra a luta, ela tinha ido reunir-se com seu querido quando ele estava de licença no Havaí. E voltou de lá bronzeada, feliz e relaxada, dizendo-lhes: "Vocês não acham que eu iria querer que ele batesse as botas!"

Ninguém desejava a morte do Aviador. Mas o fato de Babette ter sido passada pra trás, como todos haviam previsto, por aquele tipinho arrogante, isso as alegrava. O sofrimento de Babette, mesmo sendo profundo e sincero, comovia menos a Glória que o da moça do grupo Mulheres Oprimidas que vinha uma vez por semana fazer a faxina e que se queixava com aquela linguagem pobre das brancas do Sul que não foram à escola. Babette não era interessante, ela era cansativa, com suas roupas de outras épocas, exibindo seus sinais exteriores de riqueza, ao mesmo tempo que usava — ela mesma tinha visto — sutiãs velhos e colantes encardidos à força de tanto serem lavados. Sua pobreza está visível até em sua pele, dizia-se Glória, é uma pele bege e desbotada, uma pele grossa e serzida, com alfinetes de gancho para segurar as alças.

* * *

— E sua casa, você vai ficar com a casa? — perguntou ela, sabendo que lhe cortava o coração.

— É essa a questão — respondeu Babette, sem desconfiar que estava caindo em sua rede, eu ainda não sei.

Ela se preocupava com isso, pois perder o Aviador era uma coisa, mas perder sua casa, a casa que eles haviam mandado construir no mais belo bairro de Missing, que ela própria havia decorado, sem falar no jardim de vinte anos — quem, em nossos dias, tem um jardim há vinte anos? — a desesperava. Ela estava de repente tão despojada de tudo, tão sozinha, cortada da tribo dos Cohen, da Argélia, da França, e como que rejeitada agora nesta América bem-pensante pela qual se acreditara dotada, que Glória não lhe disse que Quem-quer-que-seja saberia perfeitamente cuidar de um jardim de vinte anos. Ela não teria nada mais que fazer!

Glória dirigiu-se para a janela, e Babette se encaminhou para a caixa do rato. Como se realizassem uma coreografia, cruzaram-se no meio da cozinha, fazendo um movimento para se evitar. Naquele instante elas se detestavam. Da janela, os braços apoiados na pia, o pescoço espichado, Glória olhava aquelas mulheres de chapéus floridos, em belos vestidos bordados, as garotas vestidas de organza e os garotos em ternos de três peças. Os adolescentes haviam revestido seu tacos de beisebol novos com os *bulls* de Chicago nas costas de seus enormes suéteres e seus bonés negros de viseira na testa.

— É este meu povo — dizia para si Glória —, é este meu povo feliz e altivo que encontrou verdes paragens. — E essa expressão da Bíblia, que ela havia cantado na infância sem compreendê-la bem, tornava-se clara diante do tapete de grama artificial, as verdes paragens da América. — São exilados, como eu — se dizia Glória — como Lola, como Aurora, como Babette, como todas nós aqui, como cada americano da América que não tem mais outra esperança a não ser no Deus Dólar!

Ela vinha de uma ilha do Caribe, uma ilha sem árvores, um mar sem peixes, um céu sem chuva. E Glória se lembrava de sua avó, a mendiga de Port-Banana que também não tinha senão as verdes pastagens do céu. A grande mão descarnada de sua avó, demasiado grande para seu corpo, que havia encolhido. Uma mão sempre estendida, que a obrigava a pedir esmola enquanto o que ela mais teria desejado seria apenas oferecer presentes. Mas ela fazia cara feia diante de pacotes e fitas, suspirava diante dos objetos, calculava seu preço e lamentava que custassem tão caro. Cheque, então? Ela também não queria cheques, teria que ir ao banco, seria roubada no caminho. Não, o que ela pedia eram dólares, de mão para mão. Sua mão tinha o comprimento de um dólar, era um estojo de dólares, e Glória ficava perturbada quando ela fazia as notas verdes desaparecerem enrolando-as em um canto de seu traje de algodão, enquanto a mão nua novamente se estendia.

Ela não conseguira mais suportar aquela humildade agressiva, aquela maneira de tratá-la como estrangeira, de exigir-lhe dinheiro com o ar cansado e infeliz que havia assumido ao longo de toda a sua vida diante dos comitês de caridade que a haviam socorrido. Quando estava saindo de Port-Banana, Glória veio sendo seguida por mulheres e crianças que, vendo em seus trajes à AMERICANA, lhe pediam esmola com o mesmo ar súplice, trágico e sofredor. Foi então que tomou a decisão de nunca mais voltar lá. Cristal não conhecia a mendiga de Port-Banana.

Aprender a ler em Port-Banana, quando se é a neta bastarda de uma mulher velha que tem na mendicância seu único recurso, tinha algo de exploração. Vir de Port-Banana para a Tomato Fondation tinha algo de milagre, mesmo tendo um diploma de professora no bolso. Conseguir um cargo em uma universidade americana antes mesmo das leis contra a discriminação já beirava uma proeza. Por cem vezes ela acreditara ter conseguido chegar lá, por cem vezes havia sido polidamente recusada, haviam confundido os nomes. "Nós lhe telefonaremos, Madame Patter", e faziam seu nome soar como se ela o tivesse roubado em algum lugar e tivesse que vir a devolvê-lo. Mas ela havia feito sua tese sobre o Grande Oráculo, e a luz tutelar daquele que havia declarado que o futuro seria feminino, negro e americano iluminou a carreira de Glória. O Mecânico voltara para sua cidade, onde ele havia obtido um trabalho de mecanografia, fazendo cópias de videocassetes para a universidade. Os serviços começavam a ser informatizados, ele se mostrou eficiente, Glória se beneficiou com a proteção do Grande Oráculo e com o sucesso do marido. E foi por sua vez contratada.

Ela contava de bom grado sua odisséia. Comprara um carro de segunda mão e tomara duas aulas, o suficiente para saber acelerar e frear. Ela amontoara uma pilha de livros, duas poltronas de cana-da-índia, uma litogravura e fora em frente. Abrira o mapa dos Estados Unidos no assento do passageiro e enfiara o nariz no volante, interminavelmente na mesma direção: para o centro da América.

Parava em motéis imundos cujas cortinas esfarrapadas balançavam ao vento. Na soleira da porta, gordas mulheres a detinham: não há quarto. Ela estacionava alguns quilômetros adiante, no acostamento da estrada, para dormir um pouco, embora temendo que as pessoas do motel viessem assassiná-la.

Nos postos de gasolina ela perguntava pelo caminho a seguir a sujeitos vestidos de guarda-pó azul, que sacudiam lentamente a cabeça para responder que não sabiam. Davam a impressão de que se sentiriam idiotas se a servissem e não perdiam seu tempo com ela. Observavam-na fixamente enquanto a gasolina caía no reservatório e escorria ao longo da carroceria. Ela os perturbava, é tudo que se poderia dizer; aquela mulher inteiramente só, com sua bagagem, deixava-os pouco à vontade. Ela os incomodava cada vez mais, a ponto de a gasolina espalhar-se pelo chão, aumentando uma indignação que iria explodir no momento em que abrissem a boca. Por fim retiravam a mangueira, ela se apressava a pagar em dinheiro vivo, nem ousava estender-lhes um cartão de crédito ou um cheque com uma carteira de identidade, em que haveria sua foto com a cabeça ainda mais negra.

Ela fez a viagem com o medo na barriga, obcecada pelo temor de não ter gasolina suficiente para ir até o final, de ser obrigada a fazer um sinal para os grandes caminhões que seguiam, oscilantes, seu curso, atrair sobre si a atenção de um dos motoristas, provocar um contato com toda aquela traquitanda que os deixava loucos e, com um galão na mão, tornar-se uma presa daqueles homens, naquele país.

No estacionamento de um supermercado, ela descarregou sua mudança, a pretexto de deixar o carro mais leve. Comprou uma peruca loura. E fez principalmente a compra de três galões de vinte litros, que ela própria encheu de gasolina e saiu rápido, sem se deter, com a idéia fixa de que se iria torrar sob sua peruca de náilon se o carro, fazendo uma virada brusca, andasse para trás.

Ela acreditava que já tinha visto de tudo, vivido tudo. Nada lhe fora poupado, nem o estudo noturno à luz dos lampiões da rua, nem a estrada interminável para seus pés nus de menina, nem o orfanato das boas irmãs a quem a caridade havia tornado tão duras. Nem Nova York, um dia, para ir ao encontro de seu pai, sem saber que Nova York para os negros é o Bronx. Ela havia conhecido a linha vermelha dos não-residentes e os interrogatórios humilhantes de policiais obesas que lhe perguntavam, forçando-a a abrir as pernas, se ela era portadora de doença venérea. Ela passara pela cerimônia que confere a cidadania americana, cantando o hino americano com a mão sobre o coração e lágrimas nos olhos. Mas a América, ela só a conheceu verdadeiramente na estrada interminável para alcançar a grande planície.

Ela entrou em Middleway, viu o cartaz que indicava a universidade e fez sua toalete nos lavabos do Departamento de Letras Estrangeiras. Jogou fora a peruca, enfiou um vestido que havia comprado por correspondência através da página de um catálogo Milady, com um troço drapeado para lhe dar um ar de dama. Calçou sapatos de salto e pediu para ser recebida pelo deão. Dez minutos depois, ele a levava para visitar seu departamento, mas, ao apertar a mão de seus futuros colaboradores, ela só estava pensando em como se desfazer do resto da gasolina acumulada nos galões sem pôr fogo na cidade. Nem por um segundo ela achou que o Mecânico poderia ajudá-la. Sua viagem a havia mergulhado em uma profunda solidão, e quando eles enfim se reencontraram ele nem a reconheceu. Ele havia deixado uma Angela Davis e agora encontrava uma Barbara Hendricks. De cabelos esticados ela o intimidava.

Seguindo o que lhe ditava sua conselheira de comunicação, ela usava atualmente esses *tailleurs* retos em que se metem as *superwomen* extremamente agitadas das lojas de desodorantes. Ela tapeava quanto ao tecido, da flanela em poliéster ou de tecido príncipe-de-gales de cinco dólares. Ela não podia desviar dinheiro para roupas que usava apenas para se cobrir.

Seus pés de pobre se revoltavam com aqueles sapatos de rico feitos para pés que não haviam nunca caminhado nus na terra, por sobre pedras e na lama; que nunca haviam sofrido dentro de sapatos malfabricados; pés que não ficaram com a forma dos Bata de papelão que se usam aos domingos no orfanato e que se invertem a cada semana — uma vez no pé esquerdo, uma vez no pé direito — para não usá-los todos os dias do mesmo lado. Seus pés haviam crescido, ela lhes concedia um meio ponto a mais no tamanho de tempos em tempos. À noite ela esfregava os artelhos doloridos, e a dor devida a sua súbita libertação de seus escarpins americanos era intensa e lancinante.

Em casa ela ficava descalça e, fosse qual fosse o tempo, ia assim buscar o jornal no outro extremo da alameda. Através da planta dos pés voltavam-lhe obscuras sensações infantis e seu andar dançava. Todas as manhãs o Pastor a via requebrar as cadeiras como se fosse ainda a guria de Port-Banana, a quem se dava uma palmada com a mão aberta para que ela encolhesse o traseiro. E, ao folhear o *Middleway Today*, ela rebolava furiosamente, um passo para a esquerda, um passo para a direita, gritando ao mesmo tempo para o Pastor:

— Estou fazendo minha ginástica, Reverendo!

— Eu sei, Madame Patter — lhe respondia o Pastor. — Um corpo são em uma mente sã é algo tão belo quanto uma prece.

Sim, ela amara aquele bairro conquistado, casa por casa, à cidade branca. Era assim que as coisas se passavam naqueles anos: quando um negro chegava, o branco que estava ao lado se mudava, não sem ter antes vendido a casa a um novo negro, o que desencadeava, como que em um jogo de dominós, a partida do branco mais próximo, que vendia rapidamente a casa, com medo de que em breve ela não viesse a valer mais nada e que não houvesse nem negros mais querendo comprá-la. Era uma casa de madeira, muito simples, com uma varanda, um balanço para as belas noites de verão e um trecho de grama plantado com uma árvore da Judéia. Era ali que eles haviam concebido e criado Cristal. E foi assim que a vida que não mais existia entre eles passou a girar em torno da menina, que era como que um presente do céu, por sua beleza diferente e por uma vivacidade rara em crianças de sua idade, às quais superava em tudo que fazia. Eles haviam tido um ciumento cuidado em formá-la, orientá-la, as lições do pai duplicando, depois suplantando as da mãe, porque ele dispunha de mais tempo.

Em um vídeo exibido pelo Mecânico na festa do Dia das Mães, Cristal, então com doze anos, diante da pergunta "Com quem você quer se parecer?", respondera "Com Marilyn Monroe"; mas à pergunta "Com quem você não quer se parecer?", "COM MINHA MÃE!" Seu rostinho bonito voltado para a câmera, os olhos fixos na objetiva, ela explicara: não queria ser uma mulher que sacrifica sua vida privada à sua vida pública; que trabalha até as duas da manhã e que se fecha em seu escritório nos fins de semana para recuperar o tempo perdido; que não sai de férias, a menos que seja para seguir por toda a Europa um grupo de estudantes que ela reúne todas as manhãs para que trabalhem e acompanha todas as tardes em excursões culturais, enquanto ela, Cristal, e seu pai, que faziam parte da viagem, se ocupavam como podiam: "Pegue um livro e leia!"

Cristal declarava à câmera que ela queria muitos filhos, um marido e uma casa bem arrumada!

E todos os três haviam rido muito ao ver o cassete que o Mecânico havia recheado de efeitos cômicos e de Bunnies que corriam uns atrás dos outros sem conseguir se juntar. Ele havia acelerado o movimento para mostrar como Glória vivia ACELERADA. E tudo terminava com um jorrar de corações cor-de-rosa: JUST KIDDING!*, dizia em voz nasalada Cristal, que havia adquirido com os avós um forte sotaque do Kansas, JUST KILLING! IT'S A JOKE!** E os corações se juntavam para formar a frase: I LOVE MUM, SPLATCH!

Glória rira menos quando uma noite se dera conta de que a roupa de festa de Cristal, sua roupa de debutante, já estava com-

---

* Estamos só brincando! (N.T.)
** Estamos só brincando! É uma piada! Em inglês no original. (N.T.)

prada, no momento em que ela decidira dar-se o prazer de dedicar a tarde toda à filha. Ela teria se divertido alisando aquelas sedas suaves ou brilhantes, procurando escarpins que combinassem. Teria podido dar-lhe de presente um colar de pérolas verdadeiras. Aproveitar o fato de ser a mãe realizada de uma adorável adolescente, exibi-la, receber todos os cumprimentos, antes de expô-la ao mundo e aguardar, ansiosa, sua volta à meia-noite: a cerveja, a droga, a velocidade, um beijo, por um vestido de seda!

Mas tudo já estava lá, desdobrado sobre o canapé, comprado com o DAD uma semana atrás. Mas por quê?, perguntara Glória. Um monte de palavras ásperas saiu da bela boquinha que, entre dois goles de Coca-Cola, lhe explicou que todas as outras já tinham seu vestido e que ela tinha ficado com medo de não sobrar mais nenhum do modelo que ela queria e que o pai tinha saído do trabalho expressamente para isso e que Dad a havia levado a uma grande loja e que Dad a havia ajudado a escolher.

— Mas eu havia dito a você que fazia questão de ir pessoalmente comprar, que eu teria o maior prazer nisso!

— Ah! Você teria prazer!, é claro, é sempre o seu prazer que conta. — E agrediu: — E eu, pense um pouco em mim! — a menina desatou em soluços. Para consolá-la, o pai prometeu levá-la à casa da avó, que a vestiria para a grande ocasião. — Deixe — disse ele a Glória, com um pequeno muxoxo que indicava que não era nada grave e que ela não devia provocar raiva em Cristal —, deixe.

Glória não vira a filha de vestido de baile e consolara-se dizendo que esses costumes eram típicos de uma infantilidade tola e antiquada e que nunca deveria cair nessa porque achava toda essa palhaçada ridícula. Agora Cristal vivia mais tempo em casa dos avós que em sua casa. O Mecânico havia pleiteado esse arranjo, que poupava à criança o trabalho de ter que preparar seu próprio almoço e muitas vezes o jantar. Ela esperava interminavelmente os pais diante da TV, com um telefone no ouvido, falando com sua melhor amiga, e mal se falavam, mas assistiam ao mesmo programa e o comentavam ao telefone como se estivessem lado a lado.

Era preciso que Glória compreendesse que eles estavam impondo à filha uma enorme solidão. E depois disso ele próprio tinha começado a ir jantar com os pais para reunir-se com Cristal diante de uma mesa real, sem papéis, sem *post-it*, sem rato. E havia aproveitado o pretexto do incêndio e da inundação para levar para lá seus computadores. Viam-se na universidade. E na última vez que ele a vira, uns dois dias atrás, ela estava entrando no estacionamento no momento em que ele estava saindo. Ele quase não reparara nela, mas ela o havia achado mudado, subitamente envelhecido. E tinha sentido por ele um acesso de ternura, e dissera a si mesma que ligaria para ele assim que chegasse a seu escritório. Mas, mal empurrara a porta, ela havia sido assediada por todos os lados, não sabendo mais sequer para onde virar a cabeça. E ao dar-se conta, à noite, de que não lhe havia telefonado, ela jurara a si mesma que o faria no dia seguinte, ao se levantar.

Glória discou o número da casa de seus sogros e, enquanto a campainha tocava, consultou o relógio: nove e quinze, com certeza eles já tinham saído para a igreja. Cristal estava acordada.

— O quê? — respondeu ela.

— É você, minha querida, minha coelhinha, minha belezoca — começou Glória.

— Espera aí, eu vou chamar papai — cortou Cristal. E de novo uma longa espera, que começou a impacientá-la.

— Você estava dormindo ou o quê? — perguntou ao Mecânico, que respondeu que, de fato, eles haviam deitado tarde na véspera, e então iniciou-se um diálogo de uma pobreza aflitiva sobre o que havia acontecido no colóquio, e sobre a saída que eles haviam dado depois com as meninas. E enquanto falava, ela sentia o olhar pouco ameno de Babette em suas costas, provavelmente avaliando a mediocridade de uma relação que Glória insistia em chamar de marido, filho, família. Glória se desdobrava ao telefone para recuperar um mínimo de intimidade que lhe permitisse dizer ao Mecânico que estava sentindo falta dele quando Lola Dhol fez sua aparição, tão bonita, apesar de tudo, que foi para ela que o coração de Glória se voltou. Foi ficando impaciente para desligar o telefone na cara do Mecânico, que continuava, no mesmo tom neutro, a comentar o *western* que ele tinha visto com Cristal, consumindo pipocas:

— Puxa, é espetacular! Diga pra Mummy.

Lola percorreu com o olhar todo o aposento. Lembrava-se da cozinha em que se desenrolara sua primeira infância. Ela gostava do cheiro da lenha e do café esquentando. Era quase um bem-estar e ela espreguiçou-se bocejando. No norte, o inverno mantém por mais tempo a infância, ele a guarda com bonecos de neve, ele a enovela em grandes leitos brancos e inscreve nos vidros os sinais brilhantes de sua felicidade. Para Lola, o inverno era também o ventre vermelho do Teatro Gustav-Dhol, o camarim de sua mãe, estreito como uma carroça de boêmios, em que as atrizes de sua companhia, que chegavam embuçadas até os olhos com suas echarpes e seus bonés, despiam-se pouco a pouco tomando chá.

Em meio a seus figurinos, elas falavam de amor. As palavras, à semelhança de ondas, deslizavam nesta praia infinita do riso ou cresciam e estouravam de indignação. Eram volúveis essas mulheres no lavatório. Subiam-lhes à boca palavrões seculares, elas exalavam um desentendimento imemorial. Uma porta batia, as atrizes se calavam, e ouvia-se a voz de seu pai inspecionando a cena ou falando sozinho para o teatro vazio. A voz de seu pai, ensaiando textos, que recitava em grandes tiradas.

No verão, eram o barco e as ilhas, as flores em braçadas ou uma árvore apontando sozinha contra o vento. O sol lhe devolvia a mãe pela manhã, jovem, nua e loura, e seu pai que lia no jardim voltando-lhes as costas para não ouvi-las. Lola declamava para eles trechos de peças que eles haviam encenado no inverno e que ela havia decorado sem sentir. Eles lhe pediam para escolher um papel, entre o de uma rainha magnificamente vestida que não diria nada e o de uma pobre mulher em farrapos que percorreria a peça do princípio ao fim. — Eu escolheria a rainha — respondeu Lola.

Ela fizera amor pela primeira vez aos treze anos, com um sujeito que tinha trinta e sete. Lembrava-se da idade do amante porque seu pai, que tinha na época mais de cinqüenta anos, estabelecia o que poderia ser traduzido aproximativamente em francês por "ter um bom vinho", que significa estar no ponto ideal, bom de ser saboreado. Ela se havia oferecido ainda crua. Era um dia como aquele, suave e crepitante de vida nova. Podiam-se escutar as folhas das árvores crescendo, os botões explodindo, forçando suas cúpulas, as flores se abrindo até o fundo de seus pistilos úmidos e os zangões se entrecruzando carregados de pólen enquanto miríades de insetos formavam espessas coroas zumbidoras ou auréolas ideais e douradas por sobre a cabeça dos que passeavam.

Era a primeira saída do ano para o mar, para um piquenique em uma ilha, em companhia dos pais e de todo o grupo do teatro. Na realidade, era uma armadilha montada pelas atrizes para deixar um solteirão de trinta e sete anos entregue à Substituta da mamãe. Esta mulher, sempre insatisfeita, em termos de amor passava da exploração à decepção. Lola não gostava dela porque ela monopolizava a atenção de sua mãe e porque a haviam obrigado a fazer para ela coisas que repugnavam. Ela tinha que passar-lhe protetor solar nas costas, na parte da trás das coxas e na barriga das pernas, ou usar seus maiôs velhos para satisfazer o perverso prazer que tinha aquela mulher de ver seus trajes vestindo uma garota grande e bonita, e constatar que ela havia sempre mantido um corpo de adolescente.

O cenário imaginado previa que, depois das primeiras abordagens, a Substituta afetaria uma dor terrível ou uma grande cólera que a faria deixar o grupo e afastar-se para o interior da ilha, para onde se partiria em sua busca, agindo de modo a deixar ao Celibatário a distância necessária para encontrá-la, consolá-la, fazê-la conhecer o sétimo céu e levá-la às seis horas de volta para o barco. Acontece que a Substituta perdeu-se realmente, que o Celibatário, errando o caminho, dirigiu-se para o litoral e, percorrendo as enseadas, os rochedos e as pequenas praias, descobriu Lola, que, ignorando toda aquela enorme conspiração sexual, colhia flores-de-maio, cuja particularidade é de só florescerem em junho.

Haviam caminhado juntos pelos rochedos. Enfiado em um calção de banho de lã que lhe subia até o peito, mas que era o calção de banho de Burt Lancaster, ele tomou-lhe a mão. Os cabelos soltos dela flutuavam sobre suas faces, envolvendo-lhe às vezes todo o rosto, e ele lhe dizia que eram macios e tinham um perfume delicioso. À beira d'água ele a abraçou. Ela o desafiou a mergulhar e arrancou seu agasalho. O rosto do Celibatário mudou, ela pensou que se tratava de admiração pelo fato de que ia entrar na água, que estava muito fria, e aquilo lhe decuplicou a coragem. Ela ia se jogar na água nem que tivesse que sair de lá roxa de frio.

Mas ele não a deixara entrar na água, pelo contrário, a apertara fortemente contra seu corpo, ela se debatera um pouco e, ao debater-se, seu corpo havia tomado a marca do corpo do outro, de seu torso, de seus braços, de seu ventre, de sob seu queixo, de suas pernas, de sua boca, de suas coxas, de seu sexo, de suas costas, de suas nádegas. Ele era pesado e forte, e quando ela gozou com a sensação de estar mergulhando no fundo de um golfo muito profundo, quase subterrâneo, em um estremecimento que o prazer, repetido, levava cada vez mais longe, ela sabia que ele a seguraria e a faria retornar à superfície, e que poderia ir até o final de uma extraordinária exploração.

Foi só depois que ele perguntou sua idade. Doze anos e meio. Ela havia eliminado seis meses, a pretexto de que parecia mais velha. Ele respondeu que não podia ser verdade, que ela não tinha doze anos e meio e de certo modo ele tinha razão. Está certo, disse ela, era só para te enganar, eu tenho treze. Também não é verdade, suplicava ele, esperando que de seis em seis meses ela se revelasse maior de idade. Quinze, se você prefere, ou pelo menos quatorze, e ele suava, esfregando com a mão um pouco de sangue que escorria ao longo de sua coxa.

Eles lá estavam em suas contas, separados e já hostis um ao outro, ela com seus treze anos de que não queria abrir mão, ele exigindo-lhe os dezesseis, quando a Substituta apareceu. Furiosa por não ter sido descoberta, ela havia procurado seu buscador, perseguido seu perseguidor. Ela os havia injuriado violentamente por toda aquela ocasião perdida, que não lhe deixava sequer tempo para transar com o Celibatário. Vai andando na frente, ordenou ela a Lola com aquela autoridade maldosa que têm as mulheres com a paciência esgotada, vai dizer que já estamos indo. Lola tinha partido a passos lentos, achando idiota ter que deixá-los para trás, e sobretudo com aquela sensação que ainda lhe dava um arrepio ao longo dos rins, ao longo das costas, entre as espáduas, e que a fazia voltar a cabeça para trás, os cabelos acariciando-lhe os quadris e o alto de suas coxas.

Na volta ela estava muito cansada, com tão pouca energia quanto uma echarpe de lã. Era-lhe impossível pôr um pé diante do outro, impossível abrir os olhos, apenas aquele prazer suave que não parava de ondular ao longo de suas pernas quando as fechava ou quando seu agasalho lhe roçava os seios. No barco, seu pai a envolvera em uma coberta e a mantivera encerrada entre seus braços. — Olhem só pra ela, parece um gatinho. — Que idade tem ela? — perguntou o Celibatário, para quem esta era decididamente uma idéia fixa. — Doze anos — respondeu a mãe de Lola, que tentava por sua vez rejuvenescê-la —, é ainda uma garotinha.

Primeiro ele não quis mais vê-la, pensou em viajar para o outro lado do mundo, já que era produtor, isto é, que organizava *turnês* de teatro. Aquilo poderia ajudá-lo a fugir de Lola, pois infelizmente estava ligado pelo sistema aos pais da menina e sobretudo à Substituta, para quem ele se tornara uma obsessão. Mas Lola sabia onde poderia encontrá-lo, estivesse onde estivesse. E ela lhe fez cerco, não lhe dando a menor trégua. Passava o tempo todo espreitando a casa dele, ou a lhe telefonar, ou a surpreendê-lo à saída dos espetáculos. Chegou a ponto de trancar-se com ele uma noite inteira dentro do teatro.

Da primeira vez ela obteve uma vitória, depois, sendo novamente rejeitada por causa da idade, ela recomeçou tantas vezes que acabou terminando por gozar nos braços do vencido, que estava agora em seu poder, um prazer diário que não era mais intenso que na primeira vez, mas melhor, porque ela o esperava sem arredar pé e passava sem angústia para o outro lado do espelho, o fundo da caverna. Aos quinze anos, com a concordância de seus pais que queriam fazer dela uma bailarina, mas que o alongamento de sua silhueta, uma atonia crônica e uma recusa a todo e qualquer esforço haviam desalentado, ele a fez entrar para o cinema em uma produção em que ela desempenhava o papel de uma jovem de dezoito anos.

Agora que ela já estava, na ficção, com dezoito anos, ele a possuía sem culpa. E lhe proporcionava prazer em doses tais que ela exibia aquele ar um tanto aéreo que fazia com que os espectadores que a viam na tela dissessem que ela com certeza era uma tola, mas que tinha a inteligência do corpo. Ela se lembrava de seu sucesso quase que imediato, e compreendia que as pessoas sentiam e gozavam através dela aquele prazer que se impediam de ter.

Muitas vezes refletiu sobre isso: poucas pessoas que o praticam gostam realmente de sexo. São como turistas que visitam lugares inacessíveis, que julgam lindos enquanto os contemplam a distância, mas que não irão nunca ver. Borboleteiam, discutem, mas ninguém vai às geleiras, ninguém vai ao fundo do abismo, ninguém ao ponto mais alto da montanha. Alguns gritam ao tentar e fincam rapidamente sua bandeira para voltar a descer tomando oxigênio. Se as pessoas realmente soubessem o que é o prazer, elas não teriam tempo para mais nada, como ela e o Celibatário. Todos os grandes executivos de quem ela se aproximara, quase todos os bem-sucedidos do ponto de vista social ou intelectual acabavam confessando seu vazio sexual. Pois ter uma sexualidade não significa trepar entre duas portas ou ir ao bordel, mesmo se várias vezes por semana. Era preciso buscar os conquistadores dos extremos na categoria daqueles que fazem troça de tudo porque sabem que fazer amor, mas fazê-lo totalmente, é algo que basta para encher a vida.

— O banheiro está desocupado? — perguntou Babette.

— Aurora está lá, acho eu — respondeu Lola. E seguindo o fio de seus pensamentos, ela se dizia que era falso acreditar que as mulheres ou os homens atraídos pela beleza faziam amor com mais prazer que os outros, e que uma mulher muito bonita ou um homem muito bonito garantiam o sucesso de um casal. Pelo contrário! Lembra-se da padeira de P., comentara o Encenador francês: feia, pálida, rechonchuda, com cílios de porca, mas que atraía e enlouquecia todos os machos do departamento que a provavam. Sua reputação fora até o Senado! Ao passo que vocês, as belas ou bonitas, prosseguia ele servindo-lhe a bebida, não despertam o menor interesse!

— Se ela não andar rápido eu vou ficar atrasada — disse Babette com impaciência.

— São apenas nove e meia — disse Glória. — Horácio jurou que estaria na porta às onze horas.

— Sim, mas com este engarrafamento diante da igreja, ele não vai conseguir chegar até aqui.

— Você quer que eu ligue pra ele pedindo para vir mais cedo?

— Isto não vai fazer com que Aurora saia do banheiro!

Será que Glória ou Babette eram como a padeira de P.?, perguntou-se de súbito Lola. A grande, em seu casaco de sacrifício, e a pequena, em sua camisola rasgada, podiam também estar escondendo o jogo. Mas depois ela se lembrou de sua sede de poder, daquela sua maneira esmagadora de ocupar suas funções de direção, daquela mesquinharia ativa, daquela tristeza agressiva e, sintoma que não enganava, de como mantinham a seus calcanhares seus pequenos secretários-gigolôs, maus como harpias e aduladores como cãezinhos. Elas não sabem o que é sexo, disse a si mesma, elas nunca souberam. E, lembrando-se de Aurora, no banheiro do andar de cima: Essa, então, é virgem, com certeza!

O chuveiro e a pia estavam ainda molhados, a janela sumira por trás do vapor. O banheiro, saturado de um ar quente e úmido, afetava a garganta. Com as mãos pousadas na pia, Aurora, de olhos fechados, respirava aquela atmosfera adocicada e perfumada que em todos os outros lugares ela havia expulsado abrindo a janela, enxugando os vidros e limpando a pia, mas que aqui respirava lenta e profundamente.

Ela aspirava o odor de Lola com inspirações cada vez mais profundas, como que em um arfar amoroso, destinado a preenchê-la com a fusão completa, como quando ela sonhava, em criança, com o nariz enterrado no pescoço de sua mãe. Ela respirava Lola, buscando no ar quente e úmido, acre e sufocante, o perfume muito doce e no entanto amargo de seu corpo. Despiu-se. Como em uma estufa, a umidade perfumada fazia brilhar sua pele, umedecia-lhe os cabelos e a recobria com um suor de prazer.

Enxugou um canto do espelho por sobre a pia, e seu rosto voltou a surgir à luz. Ela se lembrou do espelho dourado do dormitório das maiores, diante do qual, cada uma por sua vez, as internas do último ano concluíam sua toalete, e de sua emoção quando viu aparecer o rosto de Lola Dhol em lugar do seu. Ela se havia encarnado. Escapara daquela existência flutuante, quase irreal, dedicada aos inúmeros desaparecidos de sua família e do céu que as preces de Saint-Sulpice iam, de hora em hora, em um calendário da imortalidade, resgatar dos abismos do esquecimento.

Era uma tarefa imensa a de dizer aos santos que eles ainda existiam e a seus pais que eles não estavam mortos, como se o fato de não pensar naqueles que haviam desaparecido representasse perdê-los para sempre. Procurar por toda parte o rosto de sua mãe, vasculhando algum indício capaz de levá-la a tal, negligenciando o mais importante, seu próprio rosto que, seguramente, mais que nenhum outro, devia evocá-la e que lhe teria dito, quase com certeza, quanto à cor de seus olhos, o formato de seu nariz e mil outros detalhes de que ela não se lembrava mais.

Ela havia passado durante anos na frente de espelhos sem saber que existia, diante de vidros que não a refletiam, e de repente, naquela manhã, ela se vira nos traços de uma jovem que servia de modelo a toda uma época. Com um gesto furtivo ela havia puxado os cabelos para trás, para ver se os cabelos curtinhos de Lola Dhol lhe iriam igualmente bem.

E agora, naquele canto de espelho de Middleway, ela tentava perceber um rosto pelo qual se interessara tão pouco nos últimos anos que quase o havia esquecido. E via uma máscara rígida em que as cores, sobretudo a dos olhos e dos cabelos, haviam esmaecido, em que os traços se haviam diluído em um oval intercambiável como o que as crianças desenham, à guisa de cabeça, para suas figuras humanas, e sobre o qual todo e qualquer rosto, inclusive o de Lola Dhol, poderia se aplicar: Eu sou todo mundo, disse para si, e talvez minha mãe. E de repente lembrou-se de que sua mãe havia morrido muito jovem.

Ela deixara o vapor invadir o espelho e pouco a pouco apagar seu rosto. Entre a aparição em Saint-Sulpice e o desaparecimento em Middleway, trinta anos se haviam passado, trinta anos de ausência de si mesma. O que a espantava é que com aquele rosto ela havia, de certo modo, despertado a inveja nas mulheres; e que aquela inveja se houvesse afirmado, ou multiplicado, ao longo do tempo, exatamente quando lhe parecia que, sendo menos jovem, ela se tornava menos desejável. Na realidade, sua aparência física contava pouco na antipatia que ela provocava. A educação, feita de reserva, que ela havia rudemente recebido em Saint-Sulpice, tinha parte nisso e também o fato de ela ser uma escritora, função que na França e sobretudo ali, em Middleway, concentrava todas as invejas e as empurrava para além da fronteira dos sexos. Ela era reconhecida a Glória por gostar tanto dela.

Ela nunca revelara a extrema pobreza de sua vida, resultante do fato de ter ficado órfã. Toda a sua família — com exceção da famosa Tia Mimi — havia desaparecido durante a guerra, e seus pais, os únicos sobreviventes de duas linhagens totalmente aniquiladas, recuperadas pelo temível destino, também se haviam dissolvido em fumaça. Tia Mimi, que acreditava que ela iria incessantemente passar para o lado contrário, cavava o vazio em torno dela. Não havia por que comprar um livro: para fazer o que com ele? Enfiá-lo onde? E o mesmo raciocínio servia para os discos e as roupas, mas era mais generosa para com o cinema, alimento que consumia imóvel e que só deixava vestígios no imaginário de Aurora quando ela lhe contava os filmes à sua maneira, censurando-lhes o amor para só deixar neles a guerra. Pois Tia Mimi, que havia riscado o passado — a História a havia ajudado bastante nisso — e que havia destruído de maneira irreparável para Aurora até as fotos de seus pais, se preparava para um futuro sem perspectivas.

Ela havia previsto sua incineração e a dispersão de suas cinzas, não sem antes ter aconselhado Aurora quanto ao que ela deveria fazer no dia em que descobrisse seu cadáver: correr para pedir asilo em Saint-Sulpice. Saint-Sulpice era o abrigo último contra a morte para aqueles a quem ela queria proteger. Recolhida durante a guerra pelas religiosas de Saint-Sulpice, a velha senhora acreditava que aquela instituição de caridade salvaria igualmente sua sobrinha-neta das reviravoltas que lhe traria sua morte iminente: — Você não tem mais nada, você não tem mais ninguém, você não é mais ninguém.

Essa atitude era reincidente até nas provisões, que ela não fazia com medo de ver sobrar alguma coisa na despensa, que deveria, na hora de sua morte, estar tão vazia quanto as gavetas de sua cômoda, as prateleiras de seus armários, os armários de sua biblioteca e as páginas de seus álbuns de fotografias. Sem a alimentação pesada de Saint-Sulpice, Aurora teria vivido no limite da fome, pois Tia Mimi, que cuidava da própria diabetes, proibia o consumo de todo e qualquer doce, e controlava o pão.

No fundo, o que havia de bom naquela infância que pessoa alguma gostaria de trocar com a sua, é que Aurora tivera que inventar tudo, os personagens que lhe serviam de companhia, as frases dos livros, a música dos discos, as imagens do cinema e até mesmo o gosto dos doces. A realidade a aborrecia, ela não pintava a partir de um modelo. Da vida real ela só extraía a primeira nota e depois dela fazia a partitura. Ao escrever, ela havia chegado a um ponto em que lhe era mais difícil aproximar-se de seres de carne e osso, cheios de contradições e emoções, que de seus personagens, dos quais tinha apenas que captar a lógica, por mais complexa que fosse. Um treinamento cotidiano, em que acabara por não mais saber distinguir o real da ficção, a lembrança da invenção, tinha sido seu único e terrível ateliê, e ela se encontrava no romance como que diante de um campo de todos os possíveis, tendo, obviamente, as falhas e insuficiências de sua personalidade e, sobretudo, de seu corpo, que não agüentava o encargo de inventar tudo dessa maneira; ela se consumia. Para realizar sua imensa ambição, teria que ter tido uma carcaça enorme. Ela se lembrava da Bíblia, que havia descoberto em Saint-Sulpice, e de sua admiração de criança pelo trabalho de Deus, cuja necessidade de repouso no sétimo dia ela havia intimamente compreendido.

Se Saint-Sulpice — sua língua ficava sempre trocando as palavras ao dizer este nome — compensava o regime alimentar de Tia Mimi com uma abundante gororoba, a instituição não era mais generosa no que se referia aos livros. Eles permaneciam apertadamente relacionados em um minúsculo cartaz que desaparecia — o que já era sintomático — na tapeçaria que recobria a parede. Ela só tivera fragmentos de textos para lhe aliviar a fome e, no último ano, os sumários registrados no grosso volume de literatura do Padre Desgranges e, ao longo de toda a sua escolaridade, os resumos das obras de Castex e Surer.

Ela lia tudo que encontrava, inclusive coisas impossíveis para sua compreensão aos doze ou treze anos, como a vida das abelhas, ou a história da abadia de Port-Royal... Da vida das abelhas à vida das abadessas não havia mais que algumas letras, todo um romance. Ela lia à maneira, ao mesmo tempo forçada e minuciosa, dos prisioneiros de guerra, que saboreiam a menor vírgula, e que, de noite, quando a nostalgia é demasiado violenta, fazem passar a página diante dos olhos fechados. Ela nunca lera por prazer nem apenas para aprender, e sim por ler. Ler por ler, tão concentrada em seus sumários quanto nas orações que tinha que recitar na mesma época, porque tanto umas quanto as outras a recompensavam com palavras novas que explodiam em imagens tão loucas quanto incoerentes. O dicionário que ela ganhou de presente no dia de sua primeira comunhão — que fez apenas para cobrir o atraso que havia em sua educação de neocatólica, num dia de Natal, na missa da meia-noite — pareceu-lhe o livro dos livros. Também lhe haviam dado para quebrar o jejum uma xícara de chocolate, mas o gosto xaroposo e amargo da bebida não lhe dera o mesmo prazer e a ligara menos ao alimento que o dicionário às palavras.

Foi somente no último ano, talvez porque a imagem de Lola Dhol lhe permitisse transgredir aquela proibição, que ela ousou entrar em uma livraria e comprar *A pequena infanta de Castela*. Era uma novidade? A livreira decidira por ela como uma lojista de modas que sabe melhor que a cliente o que combina com seu tipo e o impõe antes mesmo que ela diga alguma coisa. Montherlant, grande estilista, aí abusava dos "como" e dos "como se", que o professor de Letras de Saint-Sulpice riscava nos deveres de Aurora, e que ela futuramente, sem complexo mas não sem remorsos, viria a usar abundantemente. De *A pequena infanta de Castela* ela passara por conta própria às *Jeunes filles*, título inocente, mas que lhe confirmou a idéia, muito difundida e mais ou menos admitida em torno dela, de que os homens não gostavam das mulheres e faziam com que elas sentissem isso de algum modo, fizessem elas o que fizessem para se verem aceitas.

Ler não era algo inofensivo, haviam-lhe repetido seguidamente. Essas leituras muito marcantes, por serem excepcionais e tardias, lhe haviam deixado uma impressão tão forte que agora, ao repensar o passado, ela as tornava em grande parte responsáveis por seu casamento com o Funcionário e sua submissão aos maus-tratos que ele lhe infligira.

Aurora se perguntara por vezes como é que ela havia conseguido escapar ao total aniquilamento das recordações, tarefa na qual Tia Mimi se empenhava apaixonadamente. Por que não havia a tia previsto que, no dia em que ela faltasse, em vez de se esconder, ou de sobreviver em Saint-Sulpice, Aurora deveria beber o conteúdo de certa garrafinha e estender-se muito tranqüilamente em sua cama esperando que a morte também viesse buscá-la? Aurora tinha um tal senso de obediência, um tão frágil apetite de vida, havia recebido tal preparação para o além que ela não se teria oposto à vontade de Tia Mimi de acabar com tudo de uma vez por todas. Em vez disso, Tia Mimi a havia casado.

Era um rapaz que acabara de passar num concurso para o Ministério das Relações Exteriores e queria evitar ter que viajar para a Argélia. Aurora não desconfiou das negociações de um casamento de conveniência e deixou-se cortejar por um rapaz que se julgava um Marlon Brando, que adorava Lola Dhol, sua fantasia, seus piratas em Vichy e suas *tee-shirts* coloridas. Ele comprava os livros que ela lia, cabelos ao vento, em uma praia da Normandia e cantarolava as canções um tanto cínicas que haviam feito de Lola Dhol também uma cantora. Ao se casarem, cada um olhava para seu ator fetiche que, como anjos da guarda, lhes ensinavam os gestos do amor. E faziam seu próprio filme.

Aurora desembarcara um dia na estação de Austerlitz, com uma mala demasiado grande para seu breve encontro. Ele estava com um pequeno carro conversível e tiveram dificuldade em acomodar a valise. Ele a embebedou de ruídos, palavras, música, exposições e opiniões taxativas, concluindo tudo que lhe dizia e lhe mostrava com um: — Uma garota deve gostar disso, não?... — Seguindo passo a passo seu manual de sedutor para jovens provincianas — a menos que estivesse querendo, brilhante, à vontade, definitivo, verificá-lo ponto por ponto. Deu-lhe a estocada final convidando-a a irem à piscina Deligny. Ela foi a uma loja de material de praia comprar um maiô de listras horroroso que, ao que se supunha, deveria aumentar aqui e reduzir ali, mas que fazia dela uma salsicha, comprimindo-a e enchendo-lhe volumosamente o peito, como se ele se recusasse a baixar.

Quando ele sentiu que havia fisgado um peixe que não se soltaria tão cedo, ele se lançou a atitudes complicadas destinadas a completar sua conquista. Ela não demorou a perceber sua definitiva inferioridade. Mente, corpo, relações sociais, estudos, nada andava bem para Aurora e isso lhe dava um ar ausente, uma espécie de reflexão grave que lhe perturbava o rosto e mascarava sua beleza. Ele a julgava idiota e se alegrava com isso. E a considerava bonita, mas, não fazendo amor com ela, fazia com que ela compreendesse que não era realmente desejável.

Ela se lembrava de toda uma fase de sua vida em que se levantava do leito conjugal triste e abatida, com lágrimas nos olhos. Dos três anos que durara aquele casamento ela não guardara nem uma lembrança alegre. Nem uma viagem, nem uma refeição que não houvesse terminado mal, ou pelo menos terminado sem desvantagem para ela. Tudo era sempre culpa dela. Ele não a suportava mais.

Deixou-a para assumir um posto no Extremo Oriente. Talvez só então tenha tido para com ela, as malas já reunidas na entrada, o táxi diante da porta, o primeiro gesto de amor. Tomou-a nos braços e acariciou-lhe a cabeça. Como a um cachorro, pensou ela, tal como se faz com um cachorro. E o fato de acariciá-la assim, como a um animal, e não como a uma pessoa, apaziguou-a. Talvez ele seja bom, disse para si mesma, doce, afetuoso. Talvez ainda possamos ter dias bons juntos, e belas noites; e a esperança ressurgiu, de mantê-lo, apesar de tudo. Com a condição de não ser mais que um cachorro, respondeu a si mesma. E enquanto a mão dele passava e repassava em seus cabelos, ela olhava de esguelha o aposento que eles haviam deixado, os papéis espalhados, os livros abertos, tudo aquilo que provava que ela não era um cachorro. E ela suspirou.

Nessa época Lola Dhol estava em toda parte, nos cartazes, nos jornais, nas revistas. Havia se tornado a musa da moda e da beleza modernas. E Aurora, ao vê-la uma tarde em um filme, desatou em soluços por sua vida fracassada antes mesmo de ter começado, por sua solidão, por seu medo irreprimível dos homens. Diante de Lola, tão bonita, tão forte, para quem tudo era sucesso, ela avaliava tudo que lhe faltava. E no entanto elas eram bem parecidas. Ao sair do cinema decidiu que não iria mais vê-la. E mantivera sua palavra. E depois, a vida é a vida, o nome de Lola havia desaparecido e o de Aurora começara a aparecer, muito modestamente em relação ao da atriz, mas regularmente, em documentários.

Ela era uma mulher doce e fiel que um homem havia levado, do desamor ao divórcio, a viver pulando num pé só. Durante anos ela carregou consigo essa história, empenhando-se em ser aquela mulher independente que ele havia desejado que ela se tornasse. Seu trabalho a ocupava bastante, a realização de documentários sobre animais a enviava aos quatro cantos do mundo, a países que se assemelhavam todos. Neles, nada de telefone, de campainha tocando na porta, nada de correio. O que mostrava que ela morria esperando um telefonema, o correio, a campainha. O Funcionário nunca ligou para ela e sua correspondência reduziu-se a uma carta por ano, e mesmo em certo período a uma carta a cada dois anos, e muito breve. Ele lhe pedia fotografias. Ela guardava as cartas em sua bolsa e não foi muito honesta para com aqueles que a fotografaram naqueles anos. Por trás da câmera ela olhava para seu ex-marido com o sorriso feliz de Lola Dhol. Um dia ela cortou, de uma

Cinemonde antiga, comprada às margens do rio, a foto de uma *starlet* para caminhoneiros e a enviou para ele, desejando boas-festas. Ele lhe respondeu pela volta do correio: Por que você é tão agressiva?

Lola se aproximara da parede em que estavam as fotos.

— É o Grande Oráculo — disse Babette, crendo que Lola não o conhecia. Mas o retrato do Grande Oráculo estava afixado em todas as universidades por que Lola havia passado. Virginia Woolf e o Grande Oráculo compunham um estranho par, que indicava que se estava no mundo da literatura e que nele se exigia um alto nível. Mas na cozinha de Glória o Grande Oráculo estava emparelhado com ela, Lola, e era sua própria foto que ela não reconhecia. Não sabia se havia sido extraída de um filme, ou se se tratava de alguma foto de um fotógrafo, de quem, no caso, ela já nem se lembrava mais.

Dificilmente poderia ela, pela dureza dos traços, a boca cerrada, situar a época. Fora há mais ou menos dez anos, ou talvez mais, de qualquer forma no momento em que ela havia retornado ao teatro, ou seja, já devia fazer uns quinze anos, talvez na época em que levou *Casa de bonecas*. O cinema não a queria mais e ela havia transformado esse fracasso em decisão pessoal de partir para uma arte mais autêntica. Ela iria representar em norueguês no teatro que pertencia à família.

Graças a essa história, seu agente havia conseguido alguns artigos na imprensa, não na primeira página, mas aqui e ali, com — à custa de súplicas — uma foto, a que estava na parede, para mostrar sua mudança, sua nova vida de disciplina a serviço da grande arte. Ela ia participar da grande missa ibseniana que seus pais ofereciam todos os anos no início da temporada.

Um público fervilhando de iniciados os aguardava, público que conhecia o texto inteiro e aplaudia antes e depois dos trechos mais difíceis.

Lola contracenava com o pai, que havia envelhecido no papel do marido, mas tão imperceptivelmente em cada apresentação que o público, pela extrema familiaridade que tinha com o papel, considerava-o cada vez melhor. Ela substituía sua mãe, à qual todo mundo estava tão acostumado que ela se havia tornado a SUA Nora. Lola incomodava, sua aura de vedete internacional distanciava-a daquilo que se havia tornado um culto nacional e familiar. Compararam-na com sua mãe, e a comparação não lhe foi favorável. A atriz que lhe tinha dado seu lugar extraiu da consternação inicialmente muda do público uma compensação que a consolava do que ela havia vivido como uma usurpação.

Lola não reencontrava mais seu lugar dentro da família, assim como não encontrava suas marcas no palco. Pressionada entre a desaprovação de seus pais e a hostilidade do público, a cena se tornou o lugar de seu sacrifício. Noite após noite, viam-na tropeçar no texto, enredar-se em sua trama, buscar desesperadamente o apoio de um olhar, a sustentação de uma réplica capaz de preencher uma pausa, um atraso, uma palavra que não vinha, em uma língua que se lhe havia tornado estrangeira. Eles a deixavam tremer, hesitar, ter soluços, perder-se, agonizar como uma pomba que morre entregando a alma. O teatro via o cinema morrer.

Uma noite, foi sua mãe que retomou o papel sem qualquer ensaio. Lola, bêbada no famoso camarim em forma de carroça, escutou a ovação do público. Não havia mais possibilidade de voltar a pôr os pés no teatro. Ela não teve sequer que fingir uma depressão nervosa. Estava tão arrasada que pensou que jamais poderia pôr-se novamente de pé. Esconderam-na. Os remoinhos que sua presença havia ocasionado cessaram. A água se fechara sobre ela, nem uma leve ondulação sequer indicava que ela havia caído no fundo; uma superfície de aço que não deixava passar nem a luz nem o ruído; uma tonelada de gelo que a impedia de respirar, uma tonelada de depressão e vergonha.

Partiu para Nova York e ninguém se deslocara para acompanhá-la até o aeroporto, principalmente sua mãe, que estava retida por suas obrigações teatrais.

— Eu me lembro — disse ela a Babette —, eu estava em Nova York e nevava.

— Mas não é você a desta foto — declarou Babette —, é Aurora!

— Aurora? — murmurou Lola, totalmente desconcertada, e as paredes da cozinha tremeram como se estivesse tudo caindo, se afundando... — E eu, onde é que eu estou? — Buscando-se em outra parede e não se vendo, tão invisível quanto naquela vez em um aeroporto, buscando seu reflexo em um espelho em que não se via. — É hoje — disse para si —, eu não estou mais nos espelhos, eu não estou mais nas paredes, eu não estou mais nas telas. Eu matei o fotógrafo!

— Você está aqui — disse Glória, abrindo a gaveta da mesa da cozinha, que regurgitava com uma papelada variada.

— Mas eu estava lá antes — disse Lola, apontando para a parede.

— Sim — retrucou Glória —, mas agora eu ponho os escritores com os escritores e os atores com...

— Os escritores, claro — murmurou Lola, subitamente perdida, procurando na cozinha alguma coisa para beber, alguma coisa bem forte.

— É uma loucura tudo isso — dizia para si mesma Babette. Ela buscava o olhar de Glória para tomá-la como testemunha. Mas a outra, com ar preocupado, vasculhava dentro de sua desordem como se a foto de Lola fosse surgir dali: — Pronto, está vendo, você está aqui! — Ela se perguntava se ela, que não jogava nunca nada fora, não a havia jogado na lixeira. Rasgado, e depois jogado fora. — Sabe — avisou ela um tanto sem jeito — foi durante a inundação ou durante o incêndio, eu fiz tudo que pude.

Ela só pensa nela mesma, ela só vê a si mesma, constatava Babette. Ela havia prevenido Glória quanto ao terrível narcisismo da atriz: — Você sabe que Lola não é nada disso. Mas já falamos muito de mim, vamos falar um pouco de você. Que é que você acha de mim? — E como Glória dissesse que aquilo era exagero dela, Babette lhe havia demonstrado que a simplicidade de Lola era devida ao hábito que tinha de ser sempre o centro de tudo e que ela controlava esse interesse obsessivo agindo como se não reparasse nisso. Ela excluía o mundo em torno dela. Fazia de conta que não percebia nem os olhares nem os sorrisos, mas ela nunca estava sozinha. Em sua cabeça a multidão de admiradores estava sempre presente. Não havia a menor dúvida de que ela havia passado todo o colóquio acreditando que ela era sua atração máxima, quando não passava de um produto da caridade conjunta de Glória Patter e das demais almas caridosas de sua espécie que pagavam cachês fora do habitual pela medíocre apresentação da ex-atriz, as leituras monocórdias que fazia com sua voz roufenha e sem expressão.

Babette sentia crescer dentro dela uma raiva vingativa, como cada vez que ela achava que a queriam enganar. E via-se investida, quase a contragosto, da missão de fazer vir à luz a verdade. Em toda a universidade, não se conhecia pessoa mais hábil para deslindar as desculpas embrulhadas dos candidatos, as provas coladas, os currículos trapaceados, as menções supervalorizadas, os artigos PLAGIADOS. O imperativo da verdade tomava conta dela. No auge da irritação, demolia os frágeis andaimes, confundia os culpados, exigia confissões. — Estão me tomando por quem?

Ela estava com vontade de pôr a atriz frente a frente com sua nulidade, com sua beleza acabada, com seu talento — será que ela teve talento algum dia? — desaparecido; e de tal modo que viesse a pôr no mesmo saco Aurora, a BEATA, com seu ar de não-me-toques, sua aparência de burguesa e seu sotaque francês. Sua aparente serenidade dissimulava a rapacidade comum aos escritores quando se trata de seus livros. Eles se vêem liberados de tudo porque estão enraizados em cada página, entre os pequenos sinais negros que demarcam seu território.

Um ator tem que ser visto em uma tela, um escritor tem que ser lido. Aproximar-se de um escritor em carne e osso a deixava pouco à vontade. Ela se lembrava do conselho do Grande Shakespearianista: os escritores têm que morrer. Ela pensava que não só deveriam estar mortos, mas que sua obra, destacada deles próprios, deveria ficar para sempre anônima. Esse culto vivo que Glória organizava era inútil e repugnante. E seu olhar, encontrando enfim o de Glória: — Ei, você aí, acorda, Glória!

Lola, que havia encontrado em um pequeno armário o rum reservado à culinária e o bebia com suco de laranja, examinava a foto de Aurora. E perguntava-se como é que pudera se enganar. Compreendendo súbito que Aurora era parecida com ela.

— É a SUA fotografia — disse ela a Aurora, que acabava de entrar. — É sua foto. — E devolvia-lhe, a contragosto, alguma coisa que lhe havia sido inadvertidamente tomada.

Quando atravessava o *hall* da editora, no qual se afixavam, a cada temporada, os rostos dos escritores cujo livro estava sendo lançado, Aurora sentia um mal-estar obscuro e doloroso. Além de serem abominavelmente numerosos, eles permaneciam ainda mais anônimos que seus livros fechados em suas capas sempre iguais. A fotografia não lhes dava identidade. Poder-se-iam trocar as fotos umas pelas outras, todas do mesmo formato, tomadas sob um ângulo igual, na mesma pose simbólica, a mão sob o queixo. Uma revelação deliberadamente escura da foto reforçava-lhes os traços, como se a tinta com que haviam enegrecido seus livros suasse sobre seus rostos sem expressão. Felizes ainda de que não se julgasse ninguém por sua aparência, como no caso daquelas fotos antropométricas colocadas em cartazes à entrada do aeroporto de Santarém, diante das quais Aurora se detivera. E se perguntara se ela teria sido por brincadeira capaz de reconhecer uma só entre elas: eram todas iguais!

Aquele *hall* de mármore era fúnebre. Os visitantes ali baixavam a voz como em uma capela funerária e distraíam-se lendo os nomes sob os rostos. Aurora pensava nessas fotos dos falecidos que as famílias inconsoláveis fazem incrustar em seu túmulo, em um medalhão esmaltado à prova de intempéries: um jovem soldado, um qüinquagenário notável ou uma moça de óculos. O morto continuava a envelhecer, ultrapassado ou ridículo, a caminho da imortalidade que a foto queria, no entanto, fazê-lo alcançar. Quanto à eternidade, Aurora achava que as cruzes plantadas em grupos de quatro, com uma quinta em cima e no meio, sobre as paisagens infinitas dos cemitérios de guerra, ou que as pedras que se põem sobre as tumbas judaicas, faziam repousar mais naturalmente. O pó, as cinzas. Tia Mimi tinha razão. E Aurora gostava de ficar olhando o fogo que saía da chaminé de incineração.

    Para sua primeira foto como escritora, ela havia sentido a luz dura de um dia de nevasca, que a transformara em estátua. Havia passado à posteridade como esses corpos de alpinistas caídos no fundo das gretas e que a geleira devolve um século mais tarde sem que o tempo e a memória tenham conseguido apagar, ou depois fazer desaparecer. Aurora, congelada e morta no ventre da geleira da editora.
    Por trás de seu aparelho, o Fotógrafo lhe explicava como era difícil fotografar os escritores, com seus rostos brandos, que desaparecem, e seus olhos vagos, que não se fixam em nada. Eles fogem, dizia ele, mas não escapam, desfazem-se e depois, na foto, se não a enrijecemos, só fica uma aparição fantasmática, uma aura, que deixa manchas brancas nos jornais com buracos negros no lugar dos olhos e do nariz.
    Aurora se empenhava em ficar lá, aferrava-se à imagem para não desaparecer como os demais. De dentes cerrados, ela fixava a objetiva.
    — O que é engraçado — contava o Fotógrafo — são essas madames que querem se fazer de estrelas. Parecem aquelas mulheres que conhecem o amor muito tarde e que têm tanta ânsia de compensar o gozo perdido que jogam tudo mais para o alto. Fazem-se de belas e, no momento da foto, usam de tudo.
    — Aurora sentiu que se encolhia, não querendo usar de tudo.
    — Elas espalham os cabelos sobre os ombros, enchem a boca, é o próprio sexo que estão expondo. Abrem as roupas, desfazem-se dos sutiãs, puxam o elástico da calça. Exibem-se para a foto

como uma puta em sua vitrine. São nojentas — dizia ele. — Quanto mais oferecidas se mostram, mais elas gostam da própria foto. É preciso vê-las quando estão em cima do tablado, embonecando-se. — Aurora já perdera completamente a pose, mas aquilo parecia não ter mais importância, o Fotógrafo estava fotografando neve. Ela não era mais que um pretexto para um jogo de luzes especial, a que seu rosto, sombra e luz, seus olhos fixos, sua boca sem sorriso, por acaso se prestavam.

Como forma última de conciliação, para provar-lhe que ela contava, para dizer-lhe que ela existia, para que a vissem, enfim, ela havia pedido ao Funcionário que estava de passagem por Paris que viesse ajudá-la a escolher as provas. Ele estava tão ostensivamente atrasado que ela não sabia mais o que inventar para acalmar o Fotógrafo, que se impacientava. Depois, quando ele chegou, pôs-se a folhear o dossiê na maior pressa. E dizia: — Esta não, por causa da boca; esta não, os olhos; esta não, o queixo; esta não, o sorriso. — Aurora estava incomodada por causa do Fotógrafo que tinha ficado esperando e que sofria a crítica definitiva de fotografias com as quais pela primeira vez estava satisfeito, porque não se assemelhavam às demais. Quando finalmente terminaram, selecionando em desespero de causa aquela foto que ora se encontrava na parede de Glória, ele os deixara bruscamente e saíra batendo a porta. Ela havia pedido desculpas pela atitude do Funcionário.

— Mas não são minhas fotos, não é a mim, é a você que esse cara não parou de criticar.

Ela olhava o Fotógrafo, os braços oscilando, os grandes olhos abertos, tomada pela revelação de sua infelicidade, parecendo realmente com as fotos de tristeza muda que ele havia tirado dela. Depois de todos aqueles anos, ela acabava de compreender que o Funcionário não só não a amava, que nunca a havia amado, que ele a odiava por cada traço de seu rosto, por cada grão de sua pele, por cada cílio de seus olhos. Respondera apenas: — É meu marido.

— Ah!, desculpe — dissera o Fotógrafo, dizendo logo em

seguida que, se ela quisesse, eles poderiam fazer todas as fotos de novo. E ela se jogara em seus braços.

Ele se tornou seu amante no sofá do estúdio, no meio dos projetores, dos fios que cruzavam o chão, na poeira banhada pelo cheiro da película, com uma pressa violenta, em uma excitação exasperada que era a negação de tudo aquilo que ela havia lido a respeito da sedução amorosa. As sessões de pose haviam condensado todas as preliminares e todas as aproximações. Por tê-la longamente estudado através de sua objetiva, o Fotógrafo parecia ter um conhecimento inato de Aurora. Ela não sentira a menor necessidade de lhe explicar que, com aquele marido, ela nada sabia a respeito do amor, ou, o que é pior, que ela se havia contido, bloqueado, constrangido, eliminado todos os seus desejos, ignorante de seu próprio corpo. Fora preciso um terremoto para que, rompendo todos os fios que a bloqueavam, toda a vergonha, o medo de fazer errado, a angústia de não saber, ela pudesse atirar-se em braços estranhos.

— Cuide-se — dissera ele, ao acompanhá-la até a porta. — Tenha muito cuidado com você.

Na rua ela não reconhecia mais nada e parou para se refazer diante de uma vitrine. Não via nada além da vitrine; apenas, no reflexo, sua silhueta obcecante, que lhe escondia o material exposto e o fundo da loja. Ela se tornara subitamente opaca e, como em um pesadelo, seu corpo, materializando-se, ocupava todo o espaço. Mas isso se deu apenas o tempo de uma vertigem, e ela viu com avidez e reconhecimento surgirem na vitrine bolsas de veludo e echarpes de seda. Ela se perguntava se o Fotógrafo lhe havia dito para se cuidar por alguma intuição muito especial, ou se ele dizia isso a todos os visitantes, para lembrar-lhes o cruzamento das ruas, no ponto final dos táxis: — Vá devagar, Atenção pedestre, A prioridade não é sua, Atravesse em dois tempos.

Eles nada tinham em comum. Com seu equipamento de soldado de segunda categoria, seu *parka* cáqui carregado de rolos de filmes, seus aparelhos à maneira de *kalachnikov*, ele não era em absoluto o homem com o qual ela acreditara ter feito amor. Ela sentia nitidamente que também não agradava a ele. Deixando-se cair em sua cama, ele se queixava do frio do inverno, do exílio de sua vida. Sonhava-se em Beirute e o enviavam para fotografar escritores, estrelas de segunda categoria que uma foto deveria fazer sair do nada. Ele sonhava com carros, com rostos de crianças chorando, e passava o tempo todo com dondocas que, depois de terem posto pó-de-arroz, verificavam que o ruge estava muito carregado e instalavam-se com tão pouco pudor diante de sua objetiva quanto em uma cabine para instantâneos!

Ela se perguntou se o Funcionário não havia tido razão, mais uma vez, quando achara as fotos horrorosas. Ao folhear as provas, ela se achara feia, espantada e desnorteada, com tão pouca graça quanto uma borboleta espetada viva, e tão sofrida quanto um gato sob um capacete de eletrodos, ou um cachorro com olhos fosforescentes de medo. Era o que chamavam de foto de escritor. Ela media sua distância em relação a uma foto de atriz e compreendia que as mulheres quisessem ser no papel rainhas por um dia, atrizes em vez de escritoras.

— É uma boa foto — disse Babette.
— Era um bom fotógrafo — respondeu Aurora.

Ele se havia deixado atropelar naquele cruzamento, com relação ao qual lhe pedira para estar atenta. Quando ela soube disso, ele já estava morto há muito. Ela se arrependeu de não ter chegado a lhe perguntar se os escritores se apossavam da própria imagem com a mesma virulência que as escritoras. Lembrava-se daquela esquina e do modo como ele a havia segurado pelos ombros para voltá-la para ele e dar-lhe um beijo. E esse morto ocupava menos espaço que o marido ainda vivo em algum lugar. Ela já estava habituada ao luto.

— É uma bela foto de escritora — repetiu Babette, dirigindo-se a Aurora, sob o olhar tenso de Lola. Ela não se parece com você, mas parece com seus livros — e buscando sua aprovação —, não acha?

Aurora pensou no último jantar em Paris, em casa de um professor de medicina, acompanhando o Médico em sua campanha acadêmica. Ela se recordava da dona da casa, atenta a que tudo estivesse em ordem, o olho no relógio à espera dos últimos convidados, depois a difícil e minuciosa abertura do champanhe pelo dono da casa. No momento em que a conversa começava a se articular, passou-se à mesa, onde cada prato interrompia por sua vez a discussão, que passara a ser sobre cachorros.

Aurora se julgara autorizada a intervir, servindo a seus interlocutores a experiência que tivera com Leila e Bobinette, uma grande amiga e um teckel, mas um teckel que ela logo caracterizou, dizendo ser um cruzamento de bassê artesiano e de pastor da Bretanha. Isso desconcertou a audiência, que desse meio conhecia sobretudo os labradores. Seguiram-se considerações sobre os vira-latas, reconhecidos por total unanimidade como os mais dotados e mais inteligentes da raça canina. O Médico deu a devida nota espirituosa confundindo cães e crianças e marcando o efeito com um lapso voluntário — eu não gosto de crianças —, afetando um embaraço que fez com que rissem muito. O que ficou claro naquele momento na mente de cada um que o jantar fora muito agradável.

Foi, portanto, sem desconfiança que, no momento dos licores, Aurora recebeu os cumprimentos do dono da casa sobre o pequeno sofá que partilhavam sob o retrato, de corpo inteiro, de um procurador-geral: — Seu último romance é realmente horrível!

Há muito, mas muito tempo mesmo, que ela não defendia mais seus livros, nem se rebelando, como acontecera de início, nem retrucando a partir do humor. Ele achara TERRÍVEL, ela concordara, ela mesma o considerava HORRÍVEL.

— Não sei o que você quer dizer com PARECER — respondeu ela a Babette. — Porque eu não sei com quem esta foto se parece.

— Ela é severa — respondeu Babette.

— Ah, sim — aquiesceu Aurora — severa E TRISTE.

— Felizmente — disse Glória — você NÃO É assim.

Aurora olhava a foto do Grande Oráculo, ao lado da sua: ninguém perguntava se era severa ou triste. Era a foto do Grande Oráculo, e isso bastava, a única cuja publicação ele autorizava, a que ele enviava a suas doutorandas para inspirá-las, a que estava reproduzida no Lagarde et Michard do século XX. Um escritor, uma foto. Um único rosto a desafiar um século, um único olhar para contemplar toda a época. O homem, já tornado invisível, envelhecia em uma universidade de Oklahoma, tendo profetizado a morte da literatura francesa e o advento da francofonia. Ele havia organizado sua imortalidade.

— Mas você é assim, não é? — continuou Babette. — Eu não acredito em uma separação entre o escritor e sua obra, entre o fundo e a forma, a história de um escritor nada tendo a ver com o que ele escreve.

— Eu não sou professora — respondeu Aurora, fugindo ao debate como de uma briga doméstica que ela buscasse evitar e que se esboçara desde o início, com sua própria participação no colóquio.

— Oh! escuta — prosseguiu Babette —, você não vai fazer uma dessas conosco! "A quem interessa o crime? A quem aproveita o que está escrito, a quem servem os gritos?" Foi você que escolheu escrever o que você descreve ou descrever o que você escreve. Por exemplo, a morte do bicho.

— Ela não escolhe, isto se impõe por si mesmo — interveio Glória.

— Ela escolheu as palavras para falar nisso, não?

— Sim — respondeu Aurora.

— É muito dura esta cena — disse Lola, lembrando-se de sua leitura da véspera e de quanto lhe havia sido difícil captá-la, tirar os nervos do texto, aplainá-lo com uma leitura monocórdia, que extraía de sua voz toda emoção.

— Sim — disse Aurora... E ela se lembrava, mas distante, abafada, quase insensível como uma cicatriz, de sua dor de criança diante do animal que lhe mandaram matar. Culpada de ter provocado a sentença sobre ele, embora reconhecendo que era justa, pois não era por crueldade que lhe mandavam sacrificá-lo, mas para acabar com um sofrimento intolerável pelo qual ela era a única responsável. E, no entanto, todo o seu ser se revoltava com a idéia de matá-lo, e o tempo todo que ela gastara fazendo GRACINHAS aumentava sofrimentos que revoltavam a assistência, que suplicava para que acabasse logo com aquilo.

Mas madame, ELE TEM QUE SER SACRIFICADO, dissera-lhe o veterinário enquanto ela, a boca sobre os lábios negros do cãozinho, tentava engolir seu sofrimento, devorar sua dor. E diante do bicho que deveria ser morto, seu corpo de criança não tinha conseguido fazer outra coisa senão saltar no ar, ainda mais uma vez, com os cotovelos colados ao corpo, os braços cerrados para se dar maior impulso: PÁRA DE PULAR! Mas ela não estava pulando, ela saltava para fugir, porque as saídas estavam fechadas, prisioneira do círculo de adultos que assistiam à cena, ela queria fugir pelo alto, pelo teto, para o céu. Depois, avistando a saia de sua mãe, que abria uma fenda no meio das pernas dos homens, ela se havia precipitado sobre ela e a havia agarrado até rasgá-la, batendo nela, esmurrando-a, metendo-lhe golpes com o punho fechado, e logo devolvida ao centro da cena, para diante do animal cuja cabeça ela havia esmagado com o salto do sapato e que tremia com os movimentos espasmódicos da agonia. Vamos, é só um golpe mais, ELE JÁ ESTÁ QUASE MORTO, lhe dissera a mãe tentando encorajá-la.

— Sim? E daí? — perguntava Babette.

Ela buscava escapar, mas Babette, Glória e Lola, com os olhos fixos sobre ela, esperavam sua resposta. Seu olhar fugidio pousou na caixa, e dentro da caixa o bicho não se mexia mais:

— ELE ESTÁ QUASE MORTO — disse Aurora.

Glória deu uns tapinhas no plástico para fazer o rato reagir e, não vendo nada se mexer, procurou em volta um objeto para levantar a tampa. Pegou uma colher e, com a ajuda do cabo, ergueu a tampa. Debaixo da tampa, o rato estava em uma posição desagradável à vista, que o desarticulava todo: — Eh! mexa-se, ordenou Glória, tocando-o com a colher. E como ele não reagisse, ela começou a cutucá-lo, diretamente primeiro, depois até apoiar o cabo contra sua barriga. Serviu-se então da parte côncava da colher para erguer o bichinho: — Meu Deus, ele está morto!

A notícia foi repetida em coro pelas demais: — Ele está MORTO! — Elas se juntaram em volta da caixa, mas no momento em que iam por sua vez constatar a morte do rato, ele estremeceu e puxou uma pata contra o ventre. Elas se puseram a gritar: — ELE NÃO ESTÁ MORTO, ELE NÃO ESTÁ MORTO! — com aquele frenesi histérico que se atribui às mulheres quando vêem um camundongo escapulir por entre suas pernas. Com um arrepio, Glória retirou a colher e o rato recaiu sobre a palha, onde continuou a tremer espasmodicamente, com um movimento que Aurora reconhecia e que a deixou paralisada de horror.

O destino a perseguia até naquele lugar protegido entre todos, que é uma cozinha povoada de mulheres, no centro mesmo da América, em um Estado considerado pacífico, em uma manhã de primavera, numa cidadezinha de sonho que festejava a Páscoa. A ficção acabava sempre se realizando. Teria ela inventado a morte do rato? Por tê-la descrito, ela se tornaria real nos mesmos termos que ela havia escolhido para descrevê-la e essa realidade provocada suplantaria todas as outras.

— "Jogo de palavras, jogo de morte"* — disse Babette.
— Leiris? — perguntou Glória.
— Não, Lavie, é assim que se pronuncia — respondeu Babette.

Do outro lado da rua, diante da piscina, o Pastor lia para seus fiéis: "Na entrada do túmulo, as mulheres viram que a pedra havia sido removida, e recuaram apavoradas." Uma menina que havia posto seu melhor vestido, de organdi amarelo, e que passara a manhã inteira com medo de que o tempo não ficasse suficientemente quente para que pudesse manter os braços nus; uma menina que afirmara que estava quente DEMAIS para evitar ter que pôr sobre sua maravilha amarela um velho casaco de frio; uma menina que havia levantado muito cedo para pôr seu traje de festa, que não tinha querido tomar o café da manhã para não sujá-lo, que ficara girando para mostrar a amplitude da saia; uma menina que havia brigado com os irmãos no carro que os levava à igreja; uma menina despertava súbito diante das palavras do Pastor e dizia a si mesma em sua mente: Por que elas estão com medo, CRISTO RESSUSCITOU! E repetia aos gritos, com voz alegre e clara, junto com todos os fiéis: — Cristo ressuscitou, Cristo ressuscitou. — Mas ela acreditava nisso, acreditava mesmo, com toda a força de sua alegria.

Middleway, Kansas, era este pacote embrulhado em papel de seda de cor suave, cujos invólucros Aurora desfizera um por um, até encontrar o presente atroz de uma lembrança inalterável. O pequeno cadáver havia se transportado de livro para

---

* Jeu de *mots*, jeu de *mort* — quase uma isofonia, impossível de ser reproduzida em português; tal como Lavie e *la vie*, a vida. (N.T.)

livro para persegui-la até ali, como uma ameaça de morte. Ele tornou a me encontrar, disse a si mesma.

— "Tudo em torno do caldeirão gira para nele serem jogados, um por um, intestinos envenenados" — trombeteou súbito Babette e, dirigindo-se ao público, aquelas pobres mulheres em torno da mesa, disse triunfalmente, como se declamasse uma tirada de clímax para uma assembléia ignara: — *Macbeth*, ato IV, cena I.

— "Dobra, dobra, e torna a dobrar, o fogo canta no caldeirão a agitar" — replicou Lola em um inglês claro que atenuava a rouquidão de sua voz, ou, melhor, em que se expressava mais naturalmente que em francês.

Babette, espantada, perguntou se ela conhecia a peça.

— Eu a representei — respondeu Lola.

— Lady Macbeth, realmente? — interrogou Babette, como se ela custasse a crer.

— Não há nenhum outro papel para mim nesta peça. — E a lembrança das cinco apresentações em Londres e da crítica, que a fizera encerrar a temporada, voltou-lhe, amarga. Por que a utilizavam ao contrário do que deviam e por que ela aceitava aquele tipo de desafio? A sala era um buraco negro que lhe causava vertigens. Ela punha sua memória à prova, tentando lembrar o que é que as feiticeiras jogavam no caldeirão.

— Um naco de serpente, uma pele de lagarto, uma pata de rã, um olho de coruja — respondeu Babette, encantada.

— Um canino de cachorro — acrescentou Lola — e um dente de lobo.

— Uma mão de macaco — ensaiou Aurora.

— Não querem um rato também? — interrompeu Glória, divertida. — Eu posso atirar o meu nele!

Babette desceu até o porão para pegar seus objetos de toalete. A escada, uma simples série de degraus de madeira, tremia sob seus pés. Diante dela, apenas um buraco negro. Ela tateava, tentando encontrar o interruptor da única lâmpada que iluminava a peça, quando por trás dela Glória acendeu-a brutalmente. A lâmpada nua, suspensa por um fio, emitiu uma luminosidade tal que Babette, cega, levou a mão aos olhos para protegê-los. Glória adiantou-se com impaciência, com risco de fazê-la cair, e dirigiu-se para a máquina de lavar roupa, cuja porta abriu. A roupa lavada, demasiado ressecada, estava engrouvinhada. Glória sacudiu-a vigorosamente para desdobrá-la antes de pendurar. Babette avaliava o monte de camisas molhadas do Mecânico. Embora sendo feminista, ele continuava a levar sua roupa para ser lavada por sua mulher: — Ela gosta!

— Eu lavo, mas não passo, a armadilha é ter que passar — explicava Glória, pendurando as camisas no secador.

É UM NOJO!, dizia Babette para si mesma, pensando em sua secadora e nos cuidados infinitos que ela tomava com os objetos em sua própria casa. E isso fazia com que lhe viesse uma surda irritação contra a brutalidade de Glória, sua grosseria, sua falta de tato em todos os campos. O que a levou a pensar no plágio: — Ah! vai ser bonito seu livro elaborado por computador e traduzido com tratamento de texto!, com passagens arrancadas ao vivo que não vão cicatrizar nunca. — Esta *razzia*, esta pilhagem, parecia-lhe o oposto do que ela imaginava ser a lenta concepção de um romance, seu amadurecimento, sua escrita pousada, refletida, retomada e corrigida sem cessar. Um livro tão apocalíptico quanto aquele porão, com sua roupa molhada, sua poeira, seus brinquedos quebrados e seus móveis velhos...

— ... e seu resumo, seu *remake*, seu compacto, enfim, esta sua COISA, você está pensando em publicá-lo?

— Claro que sim — respondeu Glória.

— Mas como é que você vai se sair dessa falsificação?

— Não há falsificação, e sim uma TRADUÇÃO.

— Como você exagera, hein! — exclamou Babette.

— Em americano — disse Glória — Aurora Amer se diz Glória Patter.

Babette sorriu. Ela nunca havia pensado na simetria dos dois nomes, mesmo que a superposição de Amer por Patter não levasse a nada de muito significativo. Achou que Glória estava brincando. Mas viu que ela a encarava com tamanho ódio concentrado que chegou a sentir um medo físico.

— Escute — disse Glória —, se você estivesse precisando de dólares e achasse uma carteira recheada na calçada, o que é que você faria? — Eu ficaria com ela — disse Babette. — E se você estivesse precisando urgentemente de um carro e encontrasse um aberto, com as chaves na ignição? — Eu o pegaria — disse Babette. — Pois bem, eu estou precisando de um livro e o pego.

Babette já estava arrependida do que dissera quanto ao dinheiro e ao carro. Pois honesta como ela era teria devolvido o dinheiro e trazido de volta o carro, com o tanque cheio. Ela se perguntava como é que Glória, que estava familiarizada com os costumes literários, podia pensar, por um segundo sequer, que um romance não fosse mais que uma junção de algumas folhas jogadas aos quatro ventos, que um livro pudesse esperar ser plagiado, como um carro abandonado com a chave na ignição.

E neste caso em particular talvez ela se enganasse quanto às reações de Aurora Amer. Ela havia constatado várias vezes que as pessoas que parecem desligadas de tudo reúnem todos os seus desejos de posse sobre um detalhe e que põem então um empenho inusitado em não deixá-lo escapar. Se viesse a haver um vento de escândalo, Aurora Amer não era mulher para apenas pôr o caso na justiça e tratar da questão com a interferência legal: ela faria com que lhe fosse restituída cada palavra, cada vírgula, iria buscar ela mesma onde quer que se encontrassem, nem que ela tivesse que estripar sua melhor amiga para isso.

Ela tivera uma intuição disso quando Lola lera a morte do animal. Ela havia então olhado para a escritora, para ver passar em seu rosto um vislumbre de prazer ou a sombra de uma emoção. E o que ela vira fora um tanto assustador. Com seu ar de inocência ela estava de vigia, ligada à elocução de cada palavra, olhando para a boca da atriz com um olhar brilhante de lágrimas contidas, e seus lábios se mexiam como se ela recitasse o texto para recuperá-lo depois de ele ter sido lido ou, pior, como se ela contasse cada palavra para que a atriz não engolisse nenhuma. No final da sessão, Aurora Amer não era uma escritora realizada, e sim um joalheiro aliviado que fechava a loja depois de ter guardado as jóias em um cofre.

— Não é a mesma coisa — disse Babette.

— O que não é a mesma coisa?

— O desejo de um livro. O desejo de um livro não tem nada a ver com uma situação de urgência material. Um livro, tal como um quadro, não SE PEGA. Não é mais um roubo, é uma violação e você sabe disso muito bem, porque você já trabalhou com a nulificação das mulheres violentadas.

— E eu, será que eu não sou também uma mulher violentada, despossuída, anulada, sem outra etiqueta que esta identidade americana que não quer dizer nada e na qual você é realmente a única que se reconhece? Eu quero um livro que fale de meu nascimento, quero um livro que fale de minha infância, quero um livro que fale que eu sou alguém em algum lugar.

Ali, naquele porão, Glória seria capaz de tudo. Para ela não havia mais limites, nem fronteiras, nem leis, nem códigos. Ela estava fora de si, ébria com a própria potência, intocável, no auge de uma paixão a que nada resiste e diante da qual tudo se curva, tudo se dobra, tudo recua. Babette não dava crédito às metáforas que explicam as mulheres por sua natureza e pela

Natureza, ela as considerava ultrapassadas e suscetíveis de fazer as mulheres voltarem a uma relação telúrica para distanciá-las de uma organização racional do pensamento. Mas agora, diante de Glória, ela se lembrara de um tornado, um ciclone, uma tempestade. Ela era aquela maré que a lua faz subir, que vem do oceano, inverte o curso dos rios e remonta às fontes carregando tudo em sua passagem. Babette sempre se empenhara em manter um certo comedimento, pelo menos o aparente em uma feminilidade que se protege dos excessos. Ela escolhia os trajes que iria usar, como outras tantas peças graças às quais ia conter ou modelar aquela violência cataclísmica que estava além de Glória e a ameaçava, porque, tal como ela, sabia-se uma mulher forte que teria podido varrer com o dorso da mão as regras e os costumes. No entanto, duvidava de que Glória a deixasse fazer isso. No duo que elas haviam estabelecido, ela se mantinha sempre em segundo plano, no papel de retaguarda.

Glória não tinha mais que se inclinar para pegar às mãos cheias as vantagens materiais e a boa consciência que lhe trazia seu estatuto de mulher e de negra, de democrata e anticolonialista. Quem teria ousado contradizê-la? Isso lhe deixava intelectualmente um considerável campo de manobra, pois ela podia jogar com certas idéias, empregar certas palavras — para refutá-las, obviamente — que teriam sido cobertas de injúrias se, no mesmo contexto, tivessem sido pronunciadas por outra.

Babette se lembrava de que Glória tinha por conta própria avalizado uma congressista européia que não se preocupara com as precauções habituais, que exigem que se demonstre, antes de mais nada, a própria inocuidade e o próprio alinhamento ao considerado correto e puro. Ela havia flertado longa e perigosamente com a noção de PRIMITIVISMO FEMININO, que irritava a sensibilidade feminista das participantes. Um primeiro assovio cortou-lhe a palavra. Então Glória foi até junto da desconcertada congressista e declarou à assistência: — Eu, Glória Patter, declaro ser, como mulher, uma primitiva; e, por conseguinte, reivindico minha primitividade racial. Eu sou duplamente primitiva, enquanto mulher e enquanto africana.

E é como absolutamente primitiva que eu me situo nas origens do mundo e da vida. — Uma trovoada de aplausos. Mas a congressista retirou o termo primitivo de sua alocução, que deveria ser publicada.

Por causa da Argélia, que no entanto ela mal conseguia localizar no continente africano, locando-a mais pelo centro negro do que na costa branca e mais ao sul que ao norte, Glória havia deixado Babette em posição difícil. Recusando-se a conceder-lhe a primeira palavra, ela só a levava a caminhos que lhe servissem para repetir, depois dela e com ela, os preceitos de seu feminismo anti-racista. Reduzida a um silêncio essencial, Babette se sentia abafada, e mais ainda pelo fato de que o outro lado que lhe equilibrava a vida, o do Aviador, a conduzia em direção oposta, mostrando que Glória e *tutti quanti* tinham maneiras pretensiosas e insolentes, que elas representavam um BURACO DE BALA, segundo a expressão cunhada pelo Aviador.

Babette se perguntava por que, em casa de sua sogra, ela se sentia tão solidária com Glória e as colegas do lugar, sempre tão nervosas — ... E COM AS BUNDAS, acrescentava o Aviador, que tinha um longo discurso a oferecer sobre as intelectuais mal fodidas — e por que no ambiente de trabalho de Glória ela não conseguia abandonar à sua triste sorte uma Argélia francesa em que havia vivido e que nada havia feito por ela. E, sobretudo, por que ainda ela tentava convencer Glória, que nunca havia compreendido isso e sequer queria ouvir falar a respeito?

— Vou entrar no banheiro — declarou Glória.
— Eu vou primeiro — respondeu Babette — que eu já estou atrasada.

Quantas vezes, como nesta manhã, na iminência de uma partida, elas haviam discutido diante da pia do banheiro em que se maquilavam uma ao lado da outra. Glória tomava a frente do espelho porque era mais baixa, Babette tentava afastá-la porque era míope, e empurravam-se com o ombro para se aproximarem do espelho, uma interpelando a outra através do espelho. E detestando uma delas, mas qual? A que estava ao lado e da qual sentia o calor do corpo, ou a que se via no espelho e à qual a violência verbal imprimia aos lábios um ricto maldoso, ou a sua própria outra que lhe falava grosseiramente e cuja infelicidade recusava? Tudo terminava com as lágrimas vindo aos olhos de Babette, o que a obrigava a refazer a maquilagem.

— Houve resistência na Argélia, sim — declarava Glória, do alto de suas certezas.

— Eu era adolescente — respondeu Babette.

— E daí? Havia mulheres combatentes de dezesseis anos.

— Sim, terroristas — debochou Babette, deixando-se encerrar por Glória no papel de racista intolerante de que ela queria tanto se livrar. — Portadoras de malas, colocadoras de bombas.

Como não querer mal a tudo que estava ligado àquela juventude partida, àquela infância passada por lucros e perdas que não deixam nem um trapo, nem um brinquedo, ou nem um livro de que se possa lembrar. Nos vinte quilos pesados e repesados que cabiam como bagagem pessoal a cada repatriado — ela tinha horror ao próprio termo — não houve um grama sequer para lembranças pessoais; em compensação, numa decisão de último minuto, haviam levado a cuscuzeira, alocada em seu lote. Apesar de seus protestos, seu pai a amarrara à sua mala. Despojada de tudo, ela dera gravemente um giro final por seu quarto, buscando registrá-lo na memória, vê-lo com as mãos, alisar as rachaduras das esquadrias ao fechar as janelas, enfiar entre a carne e as unhas as crostas de uma pintura cinzenta, ferir-se, para levar uma dor ínfima, uma dor a mais, embora perfumada pelo cheiro da figueira que crescia contra a janela e pelo das roseiras-bravas do pátio.

Se eles haviam tido a ilusão de que, partindo, iriam encontrar uma pátria, perderam-na no instante mesmo em que chegaram a Marseille. No entanto, era o mesmo mar, o mesmo céu, mas não foi mais, nunca mais, o mesmo país. Havia na disposição dos andares das casas e dos prédios algo de estreito e antiquado, algo rançoso e amargo, alguma coisa de duro e rejeitante que se refletia nas atitudes das pessoas, que os tratavam como estranhos, como irritantes pedintes, como portadores de peste. Eles não pertenciam ao mesmo mundo.

Ela descobriu que eles não eram franceses, que eles haviam reivindicado pertencer a um país que só conheciam através das gravuras do Épinal, um país em azul, vermelho e branco que em nada se assemelhava àquele no qual desembarcavam. Ela descobriu, demasiado tarde, que entre os árabes e eles havia, erguidas como muralhas de orgulho, imagens de uma história que não existia. Eles deveriam, como ela havia uma vez pensado, agregar-se em torno de uma realidade geográfica bem mais evidente e palpável, uma realidade que gritava sua identidade através de todos os sentidos: bastaria apenas abrir os olhos, as narinas, sentir o vento de areia ressecando a pele ou, pelo contrário, esse frio úmido do inverno mediterrâneo que perdura e que paralisa, os pés gelados de manhã nos quadrados de cerâmica verde e branca da cozinha.

Neste famoso verão de 1962, eles agüentaram a França entre Marseille e Avignon, depois entre Avignon e Port-de-Bouc, onde haviam se perdido. Port-de-Bouc mandou-os de volta a Toulouse. Foi de Toulouse que eles saíram para Bordeaux, onde imaginavam poder aspirar o oceano como um odor de liberdade, mas que não foi mais que a respiração da cidade, seu asfalto amolecido, as cortinas de metal descidas e os porteiros dos hotéis arrogantes. Eles haviam escolhido o Oriental, não só por causa de sua proximidade da estação, como por seu aspecto decadente, garantia de preço baixo. A pobreza fazia sua própria publicidade. — Desde que seja limpo... — dizia a avó. Não era limpo e as mulheres começaram a limpá-lo, enquanto os homens davam uma volta pela cidade para comprar um jornal. Babette se lembrava dos cobertores revirados, dos lençóis examinados e lavados nos pontos mais suspeitos, do chão varrido, da poeira recolhida entre dois pedaços de papelão, do jornal fazendo as vezes de coberta...

Babette havia compreendido de imediato que, se continuassem reunidos naquela trupe compacta de quatro mulheres e três homens, sete pessoas a serem alojadas de uma só vez, sete a serem alimentadas, eles não sairiam daquela. Se ela tivesse viajado sozinha, teria encontrado um lugar no trem. Uma menina de dezesseis anos, com os cabelos caídos nos ombros, talhe esbelto e seios amplos, encontra sempre um lugar sentada. À noite um homem lhe teria proposto espichar-se enquanto ele fumasse um cigarro no corredor; e ele se viraria algumas vezes para ela, para observá-la por sobre o ombro. Ela o teria olhado por entre os cílios. Mas ali, qualquer porta que ela abrisse, ela era a ponta de lança de toda uma família suada, desesperada e exausta, que se grudava a seus calcanhares e tentava primeiro acomodar as malas que deveriam ter deixado no fundo do corredor, mas que arrastavam em meio a grande confusão, de medo que as roubassem.

Ela deveria ter fingido que se perdia e deixado a todos em Marseille, tomando um trem para Paris, abandonando a esperança do vento do mar. Tapar o nariz, como quando se mergulha na água, e mergulhar de olhos fechados em uma França hostil, antinômica do país de onde eles vinham. Um país realmente estrangeiro não lhe teria deixado o gosto amargo daquele território vagamente aparentado que não lembrava mais em que grau e com quem os laços familiares haviam sido rompidos. Assim como a mãe protegia a avó e a avó se preocupava com a netinha — viram onde está a menina? — ela havia tomado a seu cargo a cuscuzeira da família. Ela se lembrava de que aquilo era tão humilhante quanto exibir um jarro de lavar-se, e que os irmãos haviam, um por um, recusado encarregar-se daquele enorme objeto barrigudo. Babette o prendera como um enorme saco entre seus ombros, para poder carregar sua mala com as mãos livres e depois, uma a uma, a mala da sua mãe e a mala da avó.

Ela achava que o repatriamento teria sido menos duro sem a cuscuzeira, sem aquele desejo desesperado da mãe de crer que, um dia, ela reconstruiria em torno dela um lar. Tivera necessidade de levá-la com uma selvageria no olhar e uma vontade absoluta de não ceder neste ponto: — Eu abandono a Argélia, mas eu não deixo a minha cuscuzeira! — Babette a instalara corajosamente nas costas para evitar a cena que certamente se seguiria entre seus pais, as lágrimas da avó e as recriminações dos irmãos. Ela a havia afivelado às omoplatas, porque gostava de sua mãe e, de certo modo, era como se a carregasse também.

Foi em Port-de-Bouc, quando o fiscal lhes explicou, debochando deles, que eles haviam partido na direção errada e que, naquelas condições, a viagem seria duas vezes mais longa, e, obviamente, duas vezes mais cara, que a visão que Babette tinha do mundo se transformou. Pela primeira vez ela compreendeu que a força e a competência não estavam do lado do homem e a fragilidade do lado das mulheres. Ela havia visto seu pai, ladeado por seus irmãos, irem informar-se sobre a plataforma da estação de Marseille, depois, não tendo a menor informação possível naquela multidão, perguntando longamente aos viajantes que seguiam no mesmo sentido, buscando fazer amigos, recuperar a esperança. No trem, ele lhes havia falado do percurso aconselhado por um passageiro vindo de Mostaganem, e tomaram-no como pura verdade simplesmente pelo nome de Mostaganem. Babette tinha ido consultar o mapa em alumínio pendurado no fundo do vagão e notara que Port-de-Bouc estava situado em uma enseada, fora da transversal Marseille-Bordeaux. Mas até aquele momento a palavra e o juízo do pai ainda lhe mereciam mais crédito que um mapa geográfico.

Papai Cohen era talvez o mais forte de sua rua, e o chefe inconteste de sua família, mas ele não sabia pegar um trem, e levava uma família, suspensa a suas decisões, a um périplo absurdo do qual a viagem era apenas uma das primeiras peripécias. Ele se enganava sempre, mas sem perder a autoridade, levando consigo em suas andanças os dois filhos, encarregados, externamente, de dar maior peso a suas inquirições e internamente de justificar seu insucesso.

A suspeita se instalava no coração das mulheres. Com pudor último, elas sequer falavam disso e, mesmo que pudessem, não teriam disposto as coisas de outro modo, de tal forma temiam ferir o orgulho do pai, fazendo-o cair do pedestal em que o haviam colocado. Quando ele fracassava, elas o consolavam e lamentavam-se do destino. Nós não temos sorte, repetiam elas. Depois de tê-la afastado com os dedos estendidos, os lábios cerrados, eles haviam acolhido o infortúnio e lhe haviam dado um confortável abrigo. No rotina familiar, tudo era atribuído a ele. Babette o via crescer e engordar como a um velho gato fedorento sobre sua almofada de penas. No fim do dia, cada um vinha alimentá-lo, um com um emprego recusado, outro com uma nota má, o terceiro com um acidente de mobilete, outro ainda com uma dor nevrálgica. Empanturrado, não agüentando mais, o infortúnio regurgitava. E cuidavam dele, para que voltasse a engolir pelo menos a parte do pai.

Glória sabia de tudo isso, Babette tivera tempo de contar-lhe, com uma amargura violenta, mas ela havia tido tempo de fazer ver a Babette que o exílio havia sido sua chance e que seu sucesso social havia compensado a infelicidade de uma infância ou de uma juventude "transportada". — Se lhe tivessem dito, quando você chegou a Bordeaux, que trinta anos depois você seria a Diretora de Relações Internacionais da Missing H. University, você não se teria persignado com as duas mãos?

— Ah!, sim, claro que ela ter-se-ia persignado!

Glória acrescentava um argumento: através de seu sucesso pessoal, Babette deveria aceitar a independência da Argélia, pois se Babette tivesse ficado lá, em seu buraco, que oportunidade teria tido de entrar em uma universidade? Papai Cohen nunca teria consentido que sua filha saísse sozinha da Argélia. No máximo ela teria sido metida em um internato, teria feito a Escola Normal para ser professora e depois...? Casar-se-ia dentro do círculo de conhecimentos familiares com um bis do Cohen, mais jovem que seu pai, mas já igualmente tirânico...

Babette reconhecia que, nesse ponto, Glória tinha razão. A independência da Argélia havia amordaçado homens duplamente vencidos, em sua pátria e em sua família, e em conseqüência levado à independência suas filhas, pelo menos aquelas que haviam agarrado a oportunidade. Só restava ao pai e aos irmãos o exercício da pesada vigilância sexual que eles continuavam a fazer pesar sobre o elemento feminino da família.

— Eu sei o que você faz quando sai — havia-lhe dito grosseiramente seu irmão caçula, alguns meses antes de sua partida para a França.

— O que é que eu faço? — retorquira ela, surpresa de ver no rapazinho tanta insolência. — Eu vou ao colégio, eu trabalho!

— Você trabalha, estou vendo! — havia ele continuado, com um ricto lúbrico.

Na França, era em torno da irmãzinha distraída e encantada com a abundância e a beleza da cidade e sempre apanhada em falta, por não estar onde dizia que estava, sempre atrasada, e que limpava no corredor o resto da maquilagem ou que levava em sua sacola os sapatos de salto da mãe, a pretexto de ir fazer compras tendo um ar de madame, que se organizara a caça à ovelha desgarrada. Puta!, os irmãos lhe gritavam, dando-lhe tapinhas curtos que machucam, agarrando-a pelos cabelos, ameaçando atirá-la pela janela. Babette sabia como os homens batem nas mulheres, primeiro porque são maiores, dando um tapa na cabeça que eles fazem enterrar o pescoço, e depois por todos os lados, ou no ventre que elas deixam sem proteção ao tentar cobrir o rosto: — Eu vou quebrar seu nariz, assim você não vai mais poder sair pelas ruas.

O infortúnio mostrava suas garras e peidava de prazer. Durante longos meses, os meses que antecederam a sua morte, os irmãos gastaram toda a sua energia vigiando a menor. Em vez de procurar trabalho, eles a seguiam na rua, caíam sobre ela como cães de caça, visando surpreendê-la. Enlouquecida, ela os conduzia a seus esconderijos, um Monoprix onde ela comprava rímel, ou um cinema em que ela assistia a um filme de amor, em vez de estar no colégio.

A miopia, que era ostensiva em Babette e que se havia agravado incrivelmente desde que ela entrara para a Universidade, a ponto de fazer com que se preocupassem com sua visão, a afastara do interesse imediato dos irmãos, persuadidos de que, com óculos, ela já era um breve contra o amor. A agressiva e mal-humorada perseguição sexual a que estava submetida a irmãzinha se transformava, em relação a Babette, em uma zombaria cheia de desprezo para com as intelectuais ceguetas.

— Não responda! — dizia a mãe, que passava todo o tempo protegendo a fraqueza dos homens, encontrando desculpas para eles, escondendo suas falhas, escutando seus álibis e, se eles se esqueciam de fazê-lo, culpando a má sorte. — Não responda! Você é corajosa, você é delicada, você é forte, você é tudo isso. — Mas logo acrescentava, olhando-a de cima a baixo: — Meu Deus, minha querida, não cresça demais. Como é que você vai arranjar marido? — Querendo, à força, que ela mantivesse uma aparência de fragilidade: — "Fragilidade, teu nome é Mulher." Nada de muitos diplomas, nada de muitos títulos, minha querida, de seios muito grandes ou quadris muito largos. Não saia das medidas, ponha uma combinação, abotoe seu colete.

Mesmo sentindo-se profundamente diferente dela, Babette adorava sua mãe. Ela tinha sido a única dos filhos a levar sem reclamar a humilhante e incômoda cuscuzeira. Ela vinha de um outro mundo e de uma outra época, que cantarolava as canções de Tino Rossi e que adorava dançar. Baile em que as mulheres se enlaçavam com um carinho que os homens não lhes dariam nunca. Prazer de dançar, medo dos homens, passeios de braços dados e... olhar importado há trezentos anos da Espanha — aquele olhar entre cílios, por sobre o leque, ligeiro, rápido — para os homens, pousado entre o peito e a cintura, sobre o estômago, na ponta do colete, sobre a corrente do relógio. Acima, não, por medo de provocar, mais para baixo não, por pudor. Em compensação, em casa, exigindo que os filhos a olhassem nos olhos. Seus olhos eram sombrios, brilhantes e febris, tal a sua busca de verdade: — Diga isso me olhando nos olhos. — A intensidade. Presença dada num repente, e logo retomada. Viver as coisas e as pessoas em uma perpétua vendeta. Ser absolutamente uma coisa ou outra, por inteiro. Passar do riso às lágrimas, da carícia à invectiva. Amar, odiar.

Ela se havia tornado tímida. Não ousava sair. Olhava o mundo através de um vidro, que pela manhã era o da cozinha e à tarde o da televisão. Passava as camisas dos homens e mandava sua irmãzinha fazer as compras em seu lugar. Ela não sabia escolher com os olhos e tinha medo de que não lhe dessem o troco, que ela recontava somente ao chegar em casa, para então se dar conta, mesmo que não fosse o caso, de que havia sido roubada. Me roubaram, dizia ela, com lágrimas nos olhos, e chorava, e chorava ainda mais se Babette, contando de novo junto com ela, dava por falta de uma nota. Quando a irmãzinha desapareceu, e depois, quando a avó também morreu, ela teve que tomar o ônibus sozinha. Ela o esperava muito antes da hora, com um xale na cabeça, amarrado sob o queixo, a bolsinha de moedas agarrada na mão, repetindo o número da porta, o número da aléia, o número do túmulo que ela havia escrito com caneta na parte de dentro do pulso.

— Eu me dou conta do quanto sou judia — disse Babette, olhando Glória —, não sou em absoluto francesa, nem mesmo de origem negra. Judia, uma judia de verdade.

— Então você pode compreender por que eu, de minha parte, me sinto africana — disse Glória, repentinamente reconciliada.

Desde o momento em que Glória e Babette subiram para o banheiro, Lola Dhol estava prostrada sobre um tamborete, o rosto entre as mãos, como se ela não quisesse mais ver o rato que estava morrendo na caixa. Suas mãos estavam caídas, seus antebraços dobrados, e Aurora teve consciência de que aquela mulher, apenas um pouco mais idosa que ela, já era uma mulher velha.

Desde Tia Mimi, que exagerava sua idade avançada com um penteado à imperatriz e um lenço de pescoço em veludo violeta, ninguém em torno de Aurora havia feito da velhice uma glória. E a partir do momento em que as mulheres com quem ela convivia haviam adquirido o hábito de só considerar velha uma pessoa com dez anos mais que elas, ninguém envelhecia. A aposentadoria, essa coisa de mau gosto, surpreendia brilhantes sexagenários em meio a uma vida na posse total de suas aptidões físicas e intelectuais. Ninguém se queixava de que estava envelhecendo. Falava-se em fazer regime, em falta de energia, em necessidade de férias, na pior das hipóteses em alguma doença crônica e rejeitava-se uma vista cansada sempre precoce com exercícios de ginástica ocular. Em todos os pontos em que seu olhar pousava, a velhice estava excluída, banida. Em compensação, ela achava, talvez em função de sua própria transformação, que todo mundo em torno dela estava rejuvenescendo e felicitava as pessoas por sua boa aparência!

Desde que iniciara sua amizade com Leila, apenas

Bobinette acusava os anos, que os cães, ao que dizem, multiplicam por quatro. Ela havia engordado muito e arrastava atrás de sua dona seu enorme ventre enrolado em um casaquinho de lã vermelha. Duas bilhas azuladas saltavam-lhe das órbitas.

— É uma loucura como eu me apeguei a ela — dizia Leila, afastando o creme que a impedia de chegar a seu *cappuccino*. — Agora, para tê-la pelo preço que paguei por ela, eu teria que dar pelo menos dez trepadas.

Aurora se perguntava se ela se referia ao valor que os anos haviam dado a sua cadelinha ou à sua própria desvalorização em seu ofício.

— Estou de partida para a América — lhe anunciara Aurora —, vou a Middleway.

— Eu vi um seriado que se passava lá — disse Leila. — *As meninas de Middleway*, ou coisa parecida...

Leila projetava em sua cadela sua ansiedade em relação à velhice. Ela vigiava o funcionamento de seus rins, o amarelar de seus dentes e sobretudo o embranquecimento do pêlo, que havia sido muito rápido. Leila havia tingido o pêlo da cadela, e os fios em volta da goela eram de um ruivo tão vivo que Bobinette parecia estar com a garganta pegando fogo. Ela compensara o efeito local excessivamente acentuado pela tintura com um tufo de pêlos entre as duas orelhas: — É linda a minha filhinha! — E explicava a Aurora que era o fato de ser mestiça que fazia de Bobinette esta criatura única, porque um cão de raça pode ser substituído por seu clone, mas a combinação que havia gerado Bobinette era impossível de ser refeita.

Ela cuidava de sua cadela como se o envelhecimento, no final das contas, fosse devido unicamente à usura. E já fazia um bom tempo que, para proteger a coluna vertebral de Bobinette, ela a carregava escada acima. Quando se começou a falar em radicais livres, Bobinette teve direito a eles, antes de todo mundo. Tendo, pela primeira vez, oportunidade de lutar eficazmente contra a degenerescência natural dos órgãos, ela a fazia tomar todas as vitaminas do mundo e, já que Aurora ia à América, encarregou-a de trazer um estoque de melatonina, destinada a defender as células de sua cadelinha do atroz ataque do tempo.

Leila, por sua vez, envelhecia serenamente, assumindo a queda dos seios, a saliência do ventre e, em conseqüência, a extrema afinação dos tornozelos. — Olha, você não tem escolha: ou você cria barriga e fica com as pernas magras, ou vira um poste com o peito afundado. De qualquer modo, é sempre bom para eles. — Não tinha certeza de que ela não se regozijasse interiormente com aquela degradação de seu corpo, como vingança contra os homens que a haviam castigado, apertado, chicoteado. Ela os faria pagar até o fim para que, como nos pesadelos, eles acordassem com um cadáver entre os braços. Como isso não acontecia, também ela os excitava confiando-lhes o ventre protuberante, que estava com um fibroma do tamanho de um *grapefruit*! Apenas a morte de Bobinette ameaçava aquele frágil equilíbrio.

— Eu juro que o dia em que ela não estiver mais aqui — lhe havia prometido Aurora — eu lhe dou outra.

— Não seria a mesma coisa — recusava Leila, com lágrimas nos olhos.

Lola endireitou-se, respirou profundamente, como um mergulhador que volta à superfície, levantou-se e foi até a janela: — Eu não estou me sentindo bem. Tudo está dando errado esta manhã, eu não estou no meu normal. — Aurora lhe propôs tomar um café. Lola recusou: estava com o estômago cheio de rum. Aurora ouvia sua respiração. Ela buscava o ar cada vez mais no fundo e se desesperava por não encontrá-lo. Mantinha-se de pé junto à janela e Aurora via pelo reflexo suas longas mãos tateando o vidro. Ela queria sair.

— Está sempre trancado — disse Aurora.

— Eu tinha trabalho quando não fazia caso disso — dizia Lola olhando a janela —, dei as costas quando me deu vontade de dar as costas e depois, quando eu comecei a compreender, quando comecei a gostar, quando eu soube o que significava interpretar um papel, que não é apenas deixar seu rosto ser iluminado enquanto você lê três palavras escritas em letras graúdas em uma folha em branco, ou deslocar-se entre dois pontos de giz marcados no chão, quando eu tive vontade de participar, de sair de minha pele, de ser outra, em suma, de representar: não havia mais nada.

— ...Você já se deu conta — e tamborilava com os dedos sobre o vidro — de que não há mais papéis para as mulheres no cinema. Há somente tipos e revólveres, heroínas de histórias em quadrinhos, travestis... E como eu gostaria de estar representando agora! — disse ela, voltando-se para Aurora. — Como eu gostaria de fazer um bom personagem! Escreve para mim um bom personagem.

Na intimidade de seus romances, Aurora lhe havia roubado o rosto para dá-lo a seus próprios personagens. Em duas histórias, pelo menos, Lola havia sido a mãe, bela e egoísta, jovem e má, de suas pequenas heroínas. Fora na boca de Lola que ela havia colocado as palavras: É PRECISO ACABAR COM ISSO, PÁRA DE PULAR, ELE JÁ ESTÁ QUASE MORTO. E na véspera, quando Lola lera a morte do bichinho, Aurora olhava para sua boca como se a boca de sua mãe fosse renascer nela. Entre os lábios gastos, as palavras saíam pálidas, sem cor, e a boca tão amada se dissolvia na luz. O rosto da mãe não reaparecera.

Na contraluz, o corpo tenso, as mãos crispadas, Lola estava muito bonita. Aurora pensava na proprietária de um bar que ela havia encontrado em um local distante, em uma curva do rio Amazonas. De imediato ela teria dado a Lola aquele papel. Descreveu-o para ela como uma Ava Gardner dos trópicos, com uma bela boca desfeita sob o vermelho dos lábios, as pálpebras enrugadas sobre um intenso olhar de peruana... Ela era velha, alcoólatra e drogada, mentirosa e inventadora de histórias, cabotina e má, mas provocava devastações. Exibia-se de *short* no balcão, esmagando moscas com suas coxas que nunca haviam sido belas. Os homens passavam diante de seu *estanco* com a cabeça enrijecida e o olho aceso. Ela era o único objeto de desejo nos cinco quilômetros em torno... Ela sabia disso e...

— Ah, uma velha, alcoólatra e drogada, não — cortou Lola com azedume —, besteiras como esta me propõem todos os dias! Não, eu quero um bom personagem...

Ela era como uma dessas meninas que escolhem representar uma fada ou a princesa para desfilar com um traje bonito. Ou como uma dessas vedetes frágeis que não ousam desfazer seu incerto personagem e hesitam diante de tudo que possa modificar sua imagem. Para fazê-las aceitar um papel, seria necessário encher a sinopse de adjetivos redundantes, acrescentar, depois de cada indicação negativa, um LINDA, MUITO ELEGANTE, EXTREMAMENTE CHARMOSA, COM UMA CLASSE ESTUPENDA, DE SUMA BELEZA. Aurora deveria ter-lhe servido a história de Ava Gardner mudando todos os adjetivos, e então Lola só teria ouvido um conto cheio de amor e desejo. Como fazê-la compreender, ou como fazer compreender ao leitor, que também é amante da beleza, que feio não significa o feio, e que belo não expressa o belo, que há desvios, caminhos mais sutis para atingi-los sem estarem expressos? Aurora continuou com a história da Ava Gardner, de Caballo-Cocha no coração, subitamente descontente de tê-la desvelado e, ao mesmo tempo, de ter-se assim mostrado.

Lola batalhava por sua causa, afirmava que ainda se é bela aos cinqüenta anos ou mesmo mais. Este "mais" era um golpe de mestre. Para saber sua idade, tinha sido necessário ir por etapas. Ela não chegava a consentir no que Aurora via e o público sabia. — Não é por eu ser velha que estou assim — continuava Lola — mas porque eu estou mal. As lágrimas engolidas incham o rosto, toda esta água salgada em torno de meus olhos, que me entope o nariz, que escorre dentro de mim. Se eu tivesse um pouquinho de felicidade, uma alegria, uma só, se achasse para mim um bom papel, tudo isso secaria, você sabe muito bem. Eu me lembro que antigamente, quando fazia noitadas, quando bebia, eu me deixava levar, mas bastava me tratarem com severidade uns quinze dias antes de uma excursão, um pouco de dieta, um pouco de exercício e — ela estalava os dedos — eu estava de novo bela como uma estrela!

Aurora pensava em todos os papéis que ela havia representado, na infinita ronda de mulheres a que havia emprestado sua voz, nos destinos que se haviam encarnado nela, em seu rosto que passara a ser o de personagens históricas ou de heroínas de romances. Seus papéis não a haviam marcado mais que as imagens projetadas na tela, que não ficavam impressas na tela branca dos cinemas. Mesmo quando elas cresciam no coração dos espectadores. Tal como a grande tela virgem sobre a qual as imagens haviam flutuado, Lola não levava em conta as emoções que ela havia provocado. Mas um a um os rostos que haviam nascido de seu rosto, os rostos aos quais ela havia emprestado suas covinhas, seu grão de beleza, haviam-na despojado. Não me roube meu rosto, diziam a Aurora as mulheres que ela quisera fotografar na África. Não me roube minha alma! Com tal força que ela nunca mais havia partido para fazer seus roteiros levando máquina fotográfica. Haviam roubado o rosto de Lola. Ela repousava, inesquecível, no fundo dos corações, mas ela, ela mesma, o havia perdido. As grandes atrizes desencarnam por completo, e não reaparecem, como Lola, a não ser pela doença, que então se diz que as marca. A doença estava em seu rosto, evidente e trágica, sem qualquer artifício que a dissimulasse.

Aurora pensava nos escritores que, tais como os atores, não devem emprestar demasiado a seus personagens, por medo de saírem deles diminuídos. Pensava no imenso cansaço de escrever, no esgotamento diante do livro enfim terminado. Não se pode fazer nascer tanto e tanto sem morrer, dizia a si mesma, e já sabia que estava sendo possuída pela Ava Gardner do Amazonas, que ela iria ao desvio do romance como à curva de um rio para encontrar a puta de Caballo-Cocha. O longo *tête-à-tête* obsessivo havia começado. Lola tinha razão, não era um trabalho de atriz, e sim de escritora. Mas em sua cabeça Aurora já havia substituído a palavra trabalho pela palavra papel. E dizia:

— É um papel para mim.

— ... O cinema não gosta mais das mulheres — Lola retomava sua cantilena. — Eu queria saber onde é que foram parar as moças de minha geração que não se tornaram embaixatrizes na Unicef?

— No teatro, eu acho — respondeu Aurora.

— Ah! o teatro, sempre o teatro — gemeu Lola.

Com essa mesma idade sua mãe era muito mais bonita que ela. Ela se havia educado e endurecido. Tornara-se mais esbelta e se havia idealizado. Manteria até a morte, recente, a mesma aparência. Cega, ela saberia em centímetros a profundidade do palco. Paralítica, ela saberia esboçar o gesto que daria vida a tudo. Ela mergulharia pouco a pouco na cena. Onda atrás de onda, a cortina acabaria por cobri-la, mas seu rosto permaneceria para sempre, esculpido como uma máscara de pedra, com o buraco de sua boca de onde sairia a voz do ponto.

Quando ela havia retomado a personagem de Nora, sua mãe lhe havia dito que ela estava errada em fazer dela uma vítima. Lola tentava relembrar as palavras, que lhe tinham subitamente revelado o caráter de sua mãe: "É uma mulher que, num mundo de homens, faz o que ela quer, contra a vontade dos homens." Ela se perguntava se este conselho não ultrapassava o quadro da representação teatral para se tornar sua filosofia de vida, a vida de uma mulher desenvolta e brilhante, constrangida a um cotidiano de ordem e de dever pelo casamento com um homem sonhador e silencioso, muito mais velho que ela, que jamais havia querido saber de algo mais que não fosse o teatro e que havia organizado sua vida entre o palco e o jardim, face a esse público diante do qual se prosternava todas as noites. Ele havia mantido sua jovem mulher como a um cavalo de circo na extremidade de uma corda, fazendo invariavelmente sua volta na pista engalanado de palavras enquanto ela, com certeza, teria preferido escapar para os lados do cinema.

O cinema não era uma coisa séria. Devia ser para o diretor, para os produtores, para o diretor de fotografia, mas não o era para os atores, pelo menos não o era para Lola. Ela não tinha a impressão de ter uma verdadeira profissão, e sim de voltar à

infância que jamais tinha tido, à época em que se contam histórias e se distribuem papéis.
Nove vezes em dez nada acontecia e o projeto era lentamente deixado de lado. Por falta do entusiasmo necessário, ela mudava regularmente de um extremo a outro. Quando finalmente se rodava o filme, era uma festa durante dez dias, depois ela se aborrecia mortalmente. Tinha então alguma ligação para ajudar a passar o tempo. Cada um vivia sua crise, mas tudo voltava à ordem porque os contratos assim exigiam e o dinheiro que essas histórias custavam era afinal mais importante que os sentimentos, confundindo-se amor com traição. Ela partia para encerrar o fim de semana na Suíça e voltava com a boca seca de febre, o ventre sangrando, para refazer alguma tomada.
Na época ela trabalhava nos filmes do Francês, a quem ela não mais amava. E a quem enganava em todos os lugares e em todas as ocasiões, inclusive durante as filmagens, com os atores, os microfonistas, os eletricistas. Ela o traía debaixo de seus olhos, em sua mente, naquele quarto negro dentro da câmera, ela o traía até o mais fundo de seus olhos, que nada viam, pelo menos ela assim pensava, até o momento em que ele escolheu para o cartaz do filme a sombra do par que ela fazia com um amante de passagem sobre uma tela branca atrás da qual eles estavam escondidos. Em milhares de muros ficaram expostas as sombras de seus corpos enlaçados, deformados e gigantescos. Depois de tê-la exposto à execração pública, ele se empenhou em fazê-la sumir de todas as telas.
Afinal, Lola jamais havia sido realmente uma atriz. Ela havia encarnado o imaginário estético do Francês. Fora ele quem a produzira. Para representar ela nada mais fizera que colocar-se de frente para ele e captar o reflexo de seus sonhos, captar suas emoções. Em *Bela*, o rosto de Lola era todo luz, o que significa que ele era um vazio absoluto, dissera o Francês em suas Memórias, jamais uma cabeça em que passe alguma coisa não é capaz de captar a luz, jamais um rosto que é seja lá o que for reflete outra coisa a não ser ele mesmo.
Mas para o vazio é de crer que ela fosse bem-dotada. Eu

gritava para ela: Não faça nada, não pense em nada, não olhe para nada. Só quero você de perfil, as maçãs de seu rosto, mais nada! Seu trabalho consistia em comprimir-se dentro de uma bolha, recolher-se em uma gota de orvalho.

Ela havia filmado *La liseuse* (A leitora) acreditando que ela não passava de uma rolha de cristal. A cada tomada, o Francês pegava um texto novo para que, ao descobri-lo, ela não o compreendesse e nada do que ela lesse pudesse marcar sua expressão. Se perceberem que você está compreendendo vão acompanhar o que você está lendo, mas, em caso contrário, vão apenas ver seu rosto e, em seu rosto, suas pálpebras. Haverá então alguns espectadores que se lembrarão confusamente da *Santa Ana* de Rafael e outros que, não conhecendo Rafael, chegarão ao sentimento de beleza pura, como aqueles que descobriram Rafael pensando ver apenas Santa Ana! Você não entende nada, e isso não tem a menor importância, na tela eu quero apenas que se descubra Rafael, que se experimente a sensação de uma beleza absoluta, e não que se ouça um escritor de segunda categoria espremido no que ele diz mal.

— Quando eu filmei com diretores que não sabiam o que queriam, mas que queriam que eu fosse, ao mesmo tempo, a leitora e Bela, para que eles fossem, por sua vez, um pouco o Francês, quando eu comecei a fazer as coisas sozinha, foi uma catástrofe. Mas eu não estava nem aí — disse ela. — Mandava tudo pro espaço, minha vida e minha carreira com ela.

Num dia de sol, de verão e de champanhe, ela declarara que a coisa de que ela mais gostava era rir. Muitos anos depois, no auge de sua depressão, ela havia lido isto, como um eco enegrecido na imprensa: "Lola Dhol gosta de se divertir." Ela não entendeu o que queriam dizer. Ela via suas rugas, as lágrimas que afloravam na borda de suas pálpebras, lágrimas que escorriam sobre as rugas. Eu me divirto, dizia-se ela, só que não gosto disso.

Aurora se lembrava das confissões de Martine Carol no final de sua carreira. Ela respondia com grande sinceridade a perguntas pouco amáveis e dava provas de uma boa vontade tocante de fazer seu *mea culpa*, de dizer que se enganara, que ela não tinha sido uma boa atriz, que havia sido mal aconselhada, mas que ela ia recomeçar com o pé direito. A imagem, em preto e banco, acentuava traços fortes, uma maquilagem pesada, seios caídos. A tristeza no fundo de seus olhos negros de falsa loura dizia a que ponto ela se sentia acabada. Teria sido necessário que ela se calasse por um segundo, que a câmara tivesse feito um grande plano daqueles olhos que desmentiam todo e qualquer projeto de futuro, para que a vissem tal como ela iria terminar, em uma banheira, com a espuma, o champanhe e os barbitúricos. Ah! que sofrimento terrível o dos olhos de Marilyn na beira de uma piscina. Aquela dor de criança eternamente inconsolável no olhar sombrio, o rosto pousado na mão como uma pomba, seu rosto já se despedindo. Um instantâneo? Não, um levantar vôo. As fotos haviam aparecido depois de sua morte, revelando tudo aquilo que ela não conseguia mais esconder. Lola tinha aquele mesmo olhar.

— Eu não disse isso diante das duas outras, mas no momento eu não sei para onde ir, ninguém está esperando por mim, nenhum projeto. Eu não tenho marido, não tenho filho, não tenho trabalho, não tenho dinheiro, não tenho casa, não tenho nem país. Sou a pessoa mais sozinha do mundo. — E tamborilava contra a vidraça: a pessoa mais sozinha do mundo.

— Fica aqui, o tempo de ver o que acontece — disse-lhe Aurora, percebendo que a tratava por tu, com intimidade. Eu talvez fique também — acrescentou ela — se o zoológico me contratar.

— Mas você tem alguém?

— Eu não sei se posso chamar isso de ter alguém.

De início ele não lhe agradara. Instalado atrás de sua escrivaninha, ele fazia questão de mostrar que ela o incomodava e lhe impingiu o longo discurso moralizador que se faz às crianças nas escolas antes de entrarem no pavilhão dos macacos. Ele tinha exigido uma porta de borracha na qual estavam desenhadas as silhuetas de gorilas, orangotangos e chimpanzés. Assim o homem que entrava inscrevia sua silhueta no meio da dos outros humanóides, um pouco menor que o gorila, mais ou menos semelhante a um orangotango e, quando se tratava de uma criança, exatamente como um chimpanzé. — Há entre eles e nós tão pouca diferença — disse o Administrador do zôo.

E olhando-a bem de frente para provocá-la: — Nós somos da mesma espécie.

Ele havia mandado acabar com as grades. Os macacos, que tinham nomes, uma linhagem e uma história, viviam por trás dos vidros, mas ninguém tinha o direito de tocá-los, à exceção dos educadores. Aurora achava que a condição dos macacos tinha evoluído bastante desde sua infância, a partir do momento em que sua mãe lhe havia trazido Delícia, cuja mãe fora capturada por caçadores e depois morta pelos habitantes do vilarejo. Uma mulher a amamentava. Mais tarde Aurora tinha visto também porquinhos no seio de mulheres, mantidos vivos, engordados e depois comidos. Ela estava a anos-luz de distância do Administrador do zôo, que não teria achado chocante que uma mulher, um ser humano, desse seu seio a um macaco, mas sim que a necessidade obrigasse esta mesma mulher a comer depois aquele que ela havia alimentado. A mãe de Aurora havia salvo Delícia comprando-a pelo que ela era, um quilo de carne.

De qualquer forma, ela não poderia mesmo vê-los, era um dia previamente agendado para os chimpanzés e o acesso a eles estava naquele dia reservado aos pesquisadores. Ele lhe mostrou sobre a mesa os dossiês dos macacos e depois, de má vontade, telefonou para saber se Mabel poderia ser vista durante sua recreação: — É um filhote que nós recebemos de um zoológico de Atlanta. — Aurora disse que ela não queria incomodar, que ela achara apenas que ali lhe seria possível reencontrar seu encantamento de criança, quando ela tomara Delícia pela primeira vez em seus braços. A lembrança de Delícia sobrevivia a todas as outras. Apagava até a de sua própria mãe. E renascia naquele escritório com tal intensidade que ela não queria nem ver Mabel nem nenhum outro chimpanzé, para resguardar aquela sensação perdida e depois reencontrada, do pequeno ventre inchado sob os pêlos negros, as mãos tão finas e tão longas, a pequena máscara como uma pétala de rosa: Delícia era encantadora.

Agora, vendo-a prestes a sair correndo dali, o Administrador sentiu um certo remorso. Se Aurora ficasse algumas semanas mais, ela poderia integrar-se, como escritora, no programa "Uma linguagem para os chimpanzés". Ela partia no dia seguinte. — Você tem compromissos — perguntou ele. — Não — respondeu ela. — Então? — Ele se ergueu, pegou seu chapéu. Era um chapéu de tecido bege com uma cauda de leopardo à guisa de fita. Como levar a sério um sujeito que usa uma cauda de leopardo em volta do chapéu e que circula por seu zoológico fantasiado de Indiana Jones? — Eu vou levá-la para uma visita — disse a ela segurando a porta.

— "Gogo-del-sol", garganta de sol — disse ela diante de uma jaula em que se agitavam macacos suficientemente comuns para poderem ser entregues sem qualquer indicação à contemplação dos visitantes. — Você conhece, estou vendo que você conhece! — disse ele com ar de admiração. Sim, ela sabia isto e também "baba-de-moça". Palavras doces como bombons ou ligeiramente ácidas como os frutos. — E aqueles? — perguntou ele diante de macaquinhos de cerca de trinta centímetros apenas, com dois tufos ruivos de um lado e do outro da cabeça. — São micos-leões, talvez? — Não, são *marmousets* — disse ele, pronunciando as palavras à francesa. Aurora não sabia que o termo se aplicava a macacos, achava que ele designava antigamente os rapazolas, os bonifrates.

— São *hapalidés* —, precisou o Administrador, explicando-lhe que foi em seu zoológico que se estudou seu sistema de reprodução. Um *marmouset* só vem ao mundo depois que há por trás dele três gerações de *marmousettes*, ou seja, a mãezinha, a jovem mãe e a eficiente avó materna. Se faltar uma mulher nesta cadeia, não há *marmouset*. A jovem mãe não pode enfrentar sua maternidade sem a ajuda de sua mãe, que deve ela própria ser fiscalizada pela avó. Três gerações de fêmeas, nada mais nada menos, para manter vivo o difícil projeto da reprodução. Três gerações em alerta para que venha à vida uma criatura de cinco centímetros recoberta por uma pelugem arruivada.

A seu ver, as mulheres deveriam seguir este exemplo. Ele se desculpava de tê-la recebido tão mal; é que, além do fato de ela lhe ter sido recomendada pelo departamento de *feminine studies*, ele já estava cansado de ver chegarem de toda a América essas mulheres carentes de um filho que, a pretexto de pesquisa, queriam segurar nos braços um bebê gorila ou um chimpanzé bebê. Elas não recuavam nem diante do traje esterilizado que as faziam vestir, nem diante da espera de uma noite inteira de parto. Punham-se em fila diante da jaula do parto anotando minuto a minuto suas observações. Quando a fêmea entregava finalmente sua encomenda e limpava sua cria, essas mulheres, que teriam tido dificuldade em olhar o nascimento de seu próprio filho, soluçavam de emoção.

No casos mais difíceis ele próprio havia organizado sessões de enfermagem nas quais seres humanos revestidos com suas blusas esterilizadas e com botas, máscara e chapéu, andavam de quatro, com o bebê-macaco nas costas. Elas faziam o que as mães não queriam mais fazer. Ele chamava essas sessões de reeducação à vida selvagem. Quando o bebê ficava maior, ele as mandava se amarrarem a anéis ou a pneus, para ensiná-las a saltar nas árvores.

Como é que a terra gira?, perguntava-se Aurora. Os soldados não fazem mais a guerra e sim a paz, os policiais não prendem mais, cuidam da segurança, e ali os guardiães do zoológico se haviam tornado zeladores. Ela se lembrava de suas primeiras reportagens: eram todas sobre capturas; vinte anos depois, convocavam sua câmera para ver soltarem os animais. E agora os zoológicos estavam repovoando a floresta.

— Baba-de-moça — disse ele, olhando-a com ternura.

Ele havia tomado seu braço. — Vou lhe mostrar a enfermaria. — Subiram para o Range Rover sem capota para chegar, no outro extremo do zôo, a construções isoladas. Ele abriu uma porta e, no momento em que entraram, não houve mais que um gemido único, seguido de um grito de esperança quando os doentes reconheceram o Administrador. Do chão ao teto ouviam-se apenas modulações amorosas, gritos de uma ternura impaciente, exasperações incomuns. O Administrador passava a mão por entre as grades, acariciava um ventre, uma cabeça. Cada animal o chamava para que viesse tocá-lo.

O zôo apresentava dois aspectos, uma face diurna e exterior, na qual, por trás das grades, os animais se subtraíam pela indiferença ao olhar humano, e uma face noturna e interior, na qual os animais conversavam. À sombra da enfermaria eles diziam de sua impaciência, que não era devida apenas à fome, ao desejo de fuga ou ao desejo de acasalamento, mas a algo mais imperioso, mais violento, uma necessidade de amor, sem o qual se morre. Ele tem um dom, disse a si mesma Aurora, um dom absoluto e magnífico, e os animais sabem disso. Ela assistia a uma cena de adoração. Os animais gritavam de amor e ela sentiu-se melhor, fisgada por algo que era um desejo por aquele homem e o amor desses bichos.

— Você já chegou perto de um rinoceronte?

— Não — disse ela com a cabeça, e isto representava uma falha imperdoável em sua vida.

— Então venha — disse ele. E retomaram o Land Rover, em direção a uma enorme grota em que os grandes ruminantes descansavam.

O zoológico era maior do que Aurora imaginara, e o trajeto mais longo. Ao passarem perto de um lago em que crocodilos e tartarugas se aqueciam no talude entre brancos lírios-do-vale da Amazônia, ele lhe explicou que, quando sua mãe morrera, mandara incinerá-la e jogara ali suas cinzas. Vinha ali rezar algumas vezes, porque era ali que o sol se punha, e mostrava-lhe com o dedo na direção do Arkansas, por trás de uma planície em que crescia a erva brava.

Penetraram numa enorme fortaleza por uma passagem secreta. Assim que a porta se fechou, eles se viram tomados por um cheiro incrível de urina, um perfume forte e total, infinitamente multiplicado, como se o nariz reencontrasse em um eco o odor fragmentado em perfumes diferentes. Como dominante ela reconhecia o do feno cortado pelo odor sulfuroso dos repolhos e dos rábanos, que eram a parte essencial de sua refeição. Mas os animais levavam em sua pele, em seu ventre, odores mais longínquos, o de cascas exóticas, o perfume concentrado das sarças silvestres, a seiva do cacto, o suor leitoso dos espinheiros. E Aurora respirava em pequenos haustos o odor da semente com gosto adocicado de violeta.

De perfil, sobre a muralha, o rinoceronte era um desenho assustador. — Não se mexa — disse o Administrador, e estalou a língua. Foi como se um tremor de terra tivesse feito rolar até ela o maior rochedo da falésia. A sombra destacou-se das trevas para vir postar-se a seus pés. Perto dele, resignada a ser devorada como as jovens em túnica branca que no dédalo dos labirintos eram oferecidas em sacrifício a um monstro de chifres, ela não passava de um feixe de ramos secos, uma braçada de folhas verdes.

Quando sua mão o tocou, provavelmente perto do dorso, ela compreendeu que não conseguiria acariciá-lo. Que não chegaria nunca a captar em um único gesto sua forma, sua textura e seu calor. Sobre o couro sua mão era tão cega como se ela estivesse tentando apreender uma montanha pegando uma pedra. Ao tocá-lo ela havia feito com que ele desaparecesse.

Seus dedos seguiam ao acaso, sua mão flutuava como o vento. Aurora via-se de novo naquela imensa paisagem de savana quando a chuva tarda e as lagoas se tornam terra rachada, quando as árvores não têm senão crosta e espinhos, quando as pedras negras rolam sobre a areia. Revia as habitações vermelhas dos cupins erguendo-se para o céu, observava os jardins transformados em brenhas, via a carranca dos bois lambendo o sal, e sua mão, que queimava, apertava em seu punho fechado o tecido da saia de sua mãe.

O Administrador reteve seu braço e empurrou sua mão para a boca do rinoceronte. Aurora sentiu em sua palma uma boca que era como uma trompa, os grandes lábios doces, firmes e preênseis que a acariciavam. Ela permanecia com a respiração cortada, viva e morta entre o corpo do homem e a cabeça do rinoceronte que respirava soprando em sua mão. Ela não se mantinha mais de pé sobre as pernas, e deixou-se deslizar entre os braços do Administrador. Ele a abraçou. O rinoceronte sumiu no muro da caverna com os auroques e os mamutes.

Fora, o sol se punha e o imenso céu do Kansas estava róseo como o da savana na hora tranqüila em que os animais vêm beber. Um elefante barriu e a infância lhe foi devolvida, intacta. Arkansas. Ela repetia o nome, tão estranho e familiar quanto um arco-íris na noite. O zoológico já estava fechado, eles caminhavam por entre lugares desertos em meio ao longo capim indiano balançado pelo vento. — Você quer ficar aqui? — perguntou-lhe ele. Contra seu corpo, boca contra boca, ela já se sentia um animal cativo. A idéia de terminar sua existência em uma grota escura em que ela esperaria apaixonadamente seu retorno gemendo de impaciência parecia-lhe deleitosa. Sua vida inteira ela havia buscado a improvável oportunidade de aquilo acontecer.

Babette entrou. Estava maquilada, penteada, e tinha na mão sua sacola de viagem. Era uma outra mulher, decidida, dinâmica, tendo diante de si um longo tempo a ser usado e decidida a fazer com que o respeitassem.

— E aí, meninas — disse ela, consultando o relógio, onze e quinze. — Horácio está chegando. Tenho que me despedir de vocês. Valeu a pena ter passado esses dias com vocês. — Olhava alternadamente para Lola e Aurora com um sorriso que se esforçava em parecer alegre. A partida lhe renovava as forças. — Se vocês algum dia passarem pela Missing H. University, não se esqueçam de Babette Cohen... Há alguns até-logos que se sabe perfeitamente que são de fato um adeus.

A reconquista estava planejada. Sua maquilagem nas pálpebras reverdecia seus olhos com a cor indecisa das ostras. Ela havia prendido algumas mechas de cabelo no alto da cabeça para lhe dar maior volume e o resto se espalhava por seus ombros. E remexia o interior de sua bolsa de mão para retirar seu pó-de-arroz, verificar a pintura e passar mais um pouco de *blush*.

— Como você é alta — disse Aurora com a angústia de Chapeuzinho Vermelho quando descobre o lobo no leito de sua avó.

— Sim — disse Babette, recebendo-o como um cumprimento. — De salto eu fico com um metro e oitenta e dois.

Devia ser terrível ter Babette Cohen como professora. Ouvir pelos corredores ressoarem os pesados saltos com que ela pisoteava o chão, sentir o brutal empurrão na porta, que fazia revirar seus cabelos ruivos e, quando ela já estava em sua mesa, enfrentar cara a cara seus olhos esverdeados e perdidos por trás de seus grandes óculos dourados. Ela não se sentava nunca, quando muito apoiava a palma das mãos em toda a largura da mesa. E falava da grande infelicidade das mulheres, cuja história tinha sido feita pelos homens. O sucesso dos *feminine studies*, para os quais se precipitavam as jovens americanas, não vinha de outro ponto. No meio da liberdade, da alegria, havia um sofrimento em ser mulher. Elas queriam lembrar esse sofrimento, celebrar a escravidão.

Babette pensava em sua mãe, em sua irmãzinha, vítimas últimas dadas em sacrifício a um mundo revolucionado. Ela queria que as jovens, todas as jovens e acessoriamente os jovens da Missing H., soubessem o quanto lhe havia custado poder falar desta cátedra, em uma universidade da América, sobre a igualdade dos homens e mulheres. Antes de partir para os Estados Unidos, ela tinha ido consultar o planejamento familiar. Havia caído em mãos de um médico que prescrevia o uso do diafragma e, embora ela ainda não tivesse a maioridade, não tinha tido o menor problema em mandar vir um para ela da Suíça. E havia insistido para que ela viesse participar de sessões em que casais vinham testemunhar a liberação de sua vida sexual a partir do momento em que se permitiram a contracepção. A palavra era tabu e ela não sabia nada de sexo.

Era uma época de resistência ativa, em que se falava de contracepção no final dos almoços. Para dar-lhes confiança, uma jovem, encorajada por seu marido igualmente jovem, ia ao banheiro buscar seu diafragma. Ele era passado de mão em mão, e seu formato causava surpresa. O casal mostrava, rindo, como ele era pinçado para ser introduzido. Ao que Babette se lembrava, era um objeto muito saltador, sobretudo quando estava recoberto de espermicida, pois além de tudo ele tinha que ser lambuzado de creme e, depois de ter sido lavado, não se podia esquecer também de passar-lhe talco.

Os convidados ousavam fazer perguntas mais íntimas

sobre as sensações do homem ou da mulher. Perguntas que abriam sobretudo um mundo de prazer de que Babette jamais suspeitara, ao indagarem sobre algo que, para ela, não era mais que uma proteção contra os homens. Ela tinha ido buscar o seu, o médico o mostrou a ela em uma caixa de veludo azul que parecia o escrínio de um bracelete e que parecia incompatível com as aplicações de creme e de talco que seu uso exigia. Ele lhe deu também dois grandes tubos de creme AVANÇO.

Na Fundação Tomato ela colocou o escrínio na prateleira de seu lavabo e esperou muito tempo antes de fazer amor. Ela tinha medo, apesar de tudo; a borracha podia ser porosa e o creme já tinha, sem dúvida alguma, passado do prazo de utilização. Ela teve medo, como sua mãe, como sua avó e como todas as mulheres antes dela, a quem haviam ameaçado de morte se perdessem sua virgindade. Era um medo atroz o que elas se transmitiam de geração em geração, um medo que ela havia herdado e que havia transportado, junto com o diafragma, o creme e o talco, para a América. Enroscada em seu leito, à espera de sua menstruação, ela não passava de uma perdida que seus irmãos iriam apedrejar.

Babette tinha uma necessidade incrível de ser respeitada. Seus ruivos reflexos, seu diamante, seu *vison*, seus saltos altos, seu carro conversível, seus cartões de crédito e até mesmo seu jardim de vinte anos eram para ela garantias de dignidade. Todos os atributos honoríficos, nos quais a universidade é tão generosa quando ela não os remunera, eram formas de acesso à dignidade. Sabiam que ela era ambiciosa, diziam que era impiedosa, irredutível e inflexível, mas ela não fazia mais que exercer sua dignidade e reivindicá-la, com medo de que a esquecessem. O abandono do Aviador jogava-a na indignidade, e não era o amor de um homem que ela iria reconquistar, enfeitada com o maior dos requintes, mas sua dignidade, junto da qual o amor contava bem pouco.

— Eu queria também me desculpar — disse ela. — Eu não gosto de me expor assim, sem reservas; mas, com quem se pode falar, a não ser com uma outra mulher, com outras mulheres, para nos dizermos, de confidência em confidência, que, em última instância, o que não conseguimos agüentar nós o partilhamos? — Ela havia despejado tudo que até então guardara em uma cozinha do Kansas.

É pesado o fardo de uma mulher que envelhece antes que o esquecimento o torne mais leve. Ele acumula o peso de uma vida que, por mais feliz que seja, tem toda uma carga de decepções, inflada com o peso de outras vidas que uma mulher carrega consigo, de sua mãe, de alguma irmã — sobretudo se ela está morta —, de uma amiga...

— E, por solidariedade, de todas as outras mulheres — disse Aurora. Ela estava pensando em Ava Gardner de Caballo-Cocha, que tinha um pouco de Leila, um pouco de Lola, muito de Glória, mas essencialmente dela própria.

— Tudo que me ensinaram foi apenas isso: mergulhar em meu feminino — disse Babette — para dele extrair somente o que for expurgado, o que servir para agradar, nada de sujo, nada de repugnante, e sim o perfumado, desodorizado, discreto e delicado. Mesmo nos colóquios, é preciso apagar o feminino, elas não querem mais falar disso, seus corpos as perturbam.

— ... A idade madura — continuou Babette —, é quando o feminino que teve tirada a venda dos olhos expande-se, toma conta do ventre, dos quadris, dos seios, é quando o feminino se revolta e transborda. As mulheres têm vergonha disso como do momento da puberdade, quando sua carne pressiona por todos os lados. Elas param de crescer, elas engordam. Queixam-se de não caber em mais nada, espantam-se de terem podido usar roupas tão justas, mas seus corpos estreitados pela moda reencontram seu volume natural.

Aurora buscava o sentido da palavra *maduro*: no ponto, passado, que atingiu seu desenvolvimento máximo. Maduro era um belo conceito, de aperfeiçoamento, de ponto de chegada. Eu não sou como elas, eu ainda não estou lá, se dizia Aurora. Eu quero ser verde, dura, azeda, ácida, eu não quero essa maturidade. Quero ser imprevisível, uma flor seca, um botão que não desabrochou. A criança que nela havia se recusava a crescer e escutar essas histórias de mulheres no gineceu.

Ponha uma saia, abotoe seu colete! No auge do verão de 1962, sua mãe se preocupava com que Babette não mostrasse nem o nascimento de seus seios, nem seus ombros. Nada de vestidos de alcinhas, nem qualquer coisa que marcasse sua silhueta, como um sutiã negro sob um *chemisier* branco, ou uma cintura tão fina que a cortava em duas, ou calças de tecido elástico. Cubra-se! Era esta mesma sociedade que às seis da tarde dava à sua irmãzinha um calmante para que ela não tivesse vontade de sair e à noite um sonífero para que ela não fugisse.

Babette gostava de viver nos Estados Unidos, protegida por este país politicamente correto que os bem-pensantes da Europa denunciavam zombeteiramente. Atenta para dar queixa à menor demonstração sexista. Ela não conseguia mais ir a países em que o insulto cai sempre sobre o sexo e é proferido sempre no feminino, em que, para escapar às ofensas, as mulheres se cobrem de véus, andam apressadas sem olhar para nada e refugiam-se de cabeça baixa em uma velhice sem sexo, onde, por sua vez, excitadas como moscas diante de sangue fresco, suspeitam de suas filhas, denunciam suas netas, espancam suas criadas. Ali, à sombra de palmeiras sobre gramados mecanicamente mantidos, as mulheres e os velhos sentiam-se bem-sucedidos. Era por essa razão, entre outras, que ela se sentia americana.

— Desde que você tenha dólares — interrompeu Glória.

Ela estava em seus trajes de domingo, o vestido que ela usava para ir jantar no bairro dos brancos, com os pais do Maquinista. Teriam presunto com abacaxi, e Cristal esperaria pela torta de nozes para levantar-se da mesa e ir plantar-se diante da TV, onde, com os olhos no vazio, as pernas cruzadas, ela comeria seu pedaço de bolo cheio de açúcar, como se toda a família só estivesse reunida por causa dela, para ouvir suas reivindicações. Tinham então que manter a conversação, preencher o vazio. Voltar-se-iam para Glória, para perguntar-lhe o que é que ela estava fazendo. Ela responderia que estava cansada, que a universidade estava cada vez mais difícil de agüentar. Ela diria, como todos os anos, que não conseguiria organizar nem um colóquio mais.

Para a família que adotara ao casar, Glória não era uma mulher que trabalhava. Ela era, conforme os dias, uma mulher cansada, uma mulher esgotada, uma mulher sobrecarregada, uma mulher doente. Ela anunciava perturbações estranhas que espantavam aquelas pessoas simples. Ao descrevê-las ela se empolgava, e seu corpo se soltava. O Mecânico não esperava o fim do quadro assustador para ir juntar-se à filha no sofá. Ele queria conversar com ela, mas ficava apenas manejando o controle remoto. Na tela, era uma sucessão de imagens repetitivas que pareciam fascinar Cristal. Glória deixava seus sogros com a respiração suspensa diante da extensão e variedade de suas perturbações físicas.

— Na época de minha menopausa — tentou a sogra — eu usei raízes de ginseng e me dei muito bem.

— Mas eu não estou na menopausa — retrucou Glória em vigoroso protesto. Ela se matava contando o que ela fazia pelos Estados Unidos inteiros, um trabalho de dez homens, que suas responsabilidades se multiplicavam, que vinham buscá-la de toda a francofonia para regulamentar a questão das literaturas de fala francesa, que ela havia aberto um programa de literatura africana, que ela estava na vanguarda dos *feminine studies*. E a sogra vinha com aquela de atribuir sua exaustão a perturbações da menopausa.

— A gente se sente bem melhor depois — continuava a velha senhora —, você vai ver, você vai engordar um pouquinho, mas não vai sentir mais arroubos de calor. Todas as noites eu suava meu travesseiro todo... — O sogro concordava com a cabeça. Aquela pele enrugada, que ela imaginava coberta de gotinhas gordurosas, dava-lhe náuseas. E ela não queria nem pensar na cumplicidade assexuada do marido mudando os lençóis que sua mulher havia encharcado.

Glória não tinha outro recurso senão empurrar a cadeira, deixar a torta no prato e usar como pretexto o romance que ela estava começando a escrever.

— Um romance, com tudo que você já faz! — exclamaria seu sogro.

— Sim, Papi, um romance, para me distrair!

— Uma história de amor? — perguntaria a sogra.

— Claro, Mami: acertou em cheio!

— E você já tem um título?

— Vai se chamar *Morte-aos-ratos*. Sabe, Papi, aquele produto que as mulheres usam para liquidar seus maridinhos! — Por que teria ela dito aquilo? Ela sabia muito bem que seu livro tinha um outro título, era aliás esta sua única criação.

No meio desses rostos sem cor, a figura de Cristal luziria, sombria: um precioso pedaço de madeira. A resposta de Babette quanto à cor de Cristal era na boca de Glória uma evidência: Sim, Babette, eu ouso dizer que Cristal é negra.

Minha belezinha, minha pérola negra, meu pequeno pedaço de África, minha gazela, não seja minha inimiga, minha querida, você é minha filha de sangue e minha irmã de cor. Eu tracei para você seus caminhos, eu conquistei para você um país, dê-se apenas ao trabalho de reinar, minha princesa. Inclinar-se sobre ela, respirar junto a sua orelha seu pequeno cheiro de infância. Apoiar a boca em sua face, apertar fundo para sentir o osso duro do maxilar. Prender nos lábios um pouco de sua pele maravilhosa, guardá-la contra a boca cerrada, os olhos fechados para degustá-la ainda mais e mais...

Ela se voltaria para o Mecânico, para lembrar seus desentendimentos com Babilou, que espalhava terríveis histórias a seu respeito.

— Você já deveria ter arrasado com ele há muito tempo! — diria o Mecânico tomando como em tudo e por tudo o partido dela.

— Que é que vocês todos têm contra Babilou? — gritaria Cristal. Ela o achava SO CUTE! E, subitamente trágica: — Ele é meu único amigo!

Então somente no carro é que ela se lembraria da face que a filha lhe havia estendido distraidamente. O Mecânico não a teria sequer acompanhado à porta. Eles teriam podido abraçar-se no portal; e no beijo que dessem ela poderia verificar que ainda o amava, como sempre.

Glória inclinou-se sobre a caixa para ver se o rato ainda estava vivo. Quando pousou um dedo sobre ele, ele teve um ligeiro reflexo, mas tão vago, tão fraco. Ela o cutucou com a ponta da unha e ele nem reagiu. Então ela desenrolou um rolo de papel. Sem se preocupar com os olhares das três convergindo para ela, pegou o rato com o papel. Sentindo que já estava com ele na mão, ela apertou-a. Aurora viu as juntas de seus dedos embranquecendo. Ela relaxou o aperto, depois fechou novamente a mão e Aurora ouviu os ossos se partindo. Um pouco de sangue marrom manchou a espessura do papel. Splatch!

— Que TRADUÇÃO! — disse Babette a Glória. — Deus meu! Da ficção à realidade. — E dirigindo-se a Aurora — A ficção traduz a realidade e a realidade traduz a ficção. — Depois, interpelando Lola, que se esforçava por abrir a janela: — Melhor que no cinema, não?

— Vocês me dão nojo — disse Glória. — Alguém tinha que fazer isso! Eu não ia deixar Cristal ver seu rato morrer. Nem ia pedir a ela que matasse seu bichinho. Ele estava morrendo nesta caixa, agonizando desde de manhã. Cada uma de vocês poderia ter feito alguma coisa, chamar o veterinário, jogá-lo no jardim, pô-lo na toalete. Todas vocês deveriam ter feito o que eu fiz — disse ela. — Mas vocês não levantaram um dedo, continuaram a tomar seu café, a bater papo, com um bicho agonizando junto de vocês. É necessário que alguém faça o trabalho sujo pelos outros. É necessário que vocês tenham seus intocáveis: vocês já têm seus açougueiros, suas empregadas domésticas, seus esquartejadores, seus veterinários e agora sua matadora de ratos!

— Você poderia ter-lhe dado um pouco de éter para dormir — interrompeu Babette.

— Você tem éter, tem? Então por que não usou? — Ela continuava com o rato enrolado em seu pedaço de papel, no qual a mancha aumentava. Com a outra mão ela remexia nas gavetas, tirava um rolo de barbante dourado, uma fita de seda, um pedaço de papel laminado. — Olha — disse ela voltando-se para Lola —, encontrei sua foto! — Com uma das mãos ela segurava o rato, com a outra sacudia a foto de Lola. Colocou-a sobre a mesa. Depois esvaziou uma caixa de sapatos.

Eu não quero, disse Lola a si mesma, não quero que ela ponha minha foto na caixa de sapatos com o rato. Eu não quero que ela me enterre!

Glória instalou-se diante da mesa, pousou o corpo do rato na caixa, que recobriu com o papel brilhante, amarrou-a com o barbante dourado, deu um nó na fita, na lateral, tendo o cuidado de fazer um laço bem grande, cujas pontas ela abriu bem.

— É um embrulho de presente? — perguntou Babette.

Glória deu de ombros.

— É um caixão. Depois vou levá-lo a Cristal e faremos um enterro de verdade.

— Coloque nele as flores que nos deram para nossas lapelas — disse Babette. — Aurora vai escrever para nós uma oração fúnebre: Aurora, Ouro aos ratos.* Horrora.

— Isto também é do Leiris — disse Glória.

— Acertou — disse Babette. E olhando seu relógio: — Onze e meia, e Horácio ainda não chegou!

— Tem que abrir a porta — disse Aurora. — Lola vai dar uma olhada.

Glória manipulou seu telecomando, e a casa exalou um grande suspiro. As janelas se entreabriram, a porta girou sobre

---

* Or aux rats, Aurore. Isofonia que não se repete na tradução. (N. T.)

os eixos e os mosquiteiros se enrolaram rangendo. A climatização parou. Em meio ao silêncio elas ouviram a voz do Pastor lendo a aparição do anjo de luz: "Ele tinha o aspecto de um raio de luz e sua túnica era branca como a neve."

Pendurada na janela, Lola olhava os fiéis que haviam invadido a rua. Eram como um grupo de figurantes que se dispersa depois de uma filmagem: Cristo ressuscitou, dizia a multidão, e as pessoas se abraçavam.

Babette estava em pânico. Horácio não viria. Havia decidido deixá-la. Arrumada dos pés à cabeça, com sua grande sacola na mão, ela estava tão desamparada diante da porta quanto há trinta anos no porto de Marseille, descobrindo, com a cuscuzeira na mão, uma França fantasma. Ela deveria ter falado com ele ao telefone há uma hora atrás, não deixá-lo entregue ao sarcasmo de Glória. Ele era tão delicado, tão frágil, no fundo, ele devia estar profundamente humilhado. Se ele não voltasse, ela não se perdoaria nunca. Ela estava compreendendo que ele era de agora em diante o único homem com quem ainda contava em sua vida.

Aurora abriu a porta. O ar tépido envolveu-a e ela pôde avaliar a que ponto estava frio dentro de casa. Permaneceu na soleira, olhando a multidão que se espalhava e sentindo sua alegria. Uma garotinha com vestido de organdi amarelo saltava em um pé só na beira do gramado. E cantava: Cristã ressuscitou, Cristã ressuscitou. E Aurora olhava a garotinha como uma lembrança que não fosse uma lembrança, mas a impressão de algo já vivido. Querendo retê-la, ela a perdia. Só podia chegar a ela por um arrombamento: Garotinha de amarelo, dizia sua memória, amarelo como um sol, amarelo como um ostensório de ouro, amarelo, absolutamente amarelo.

Um buzinar despertou-a e ela viu a Range Rover estacionando ao longo do calçamento. No volante, o Administrador, com seu chapéu de pele de leopardo. Em seus braços, colada contra seu peito, a pequena chimpanzé.

— É Mabel — gritou ele apontando-a —, eu trouxe Mabel para você.

Aurora correu em sua direção, como em um sonho, uma corrida lenta, ampla e demorada, quase um vôo... Criança, ela corria, em uma manhã na África, em direção a Delícia. Súbito a tela rasgou-se, e ela viu o rosto de sua mãe.

Impresso no Brasil pelo
Sistema Cameron da Divisão Gráfica da
DISTRIBUIDORA RECORD DE SERVIÇOS DE IMPRENSA S.A.
Rua Argentina 171 – Rio de Janeiro, RJ – 20921-380 – Tel.: 585-2000